文春文庫

人生なんてわからぬことだらけで死んでしまう、それでいい。

悩むが花

伊集院　静

文藝春秋

人生なんて
わからぬこと
だらけで
死んでしまう、
それでいい。

［悩むが花］

目次

すぐ役に立つものは、すぐ役に立たなくなる

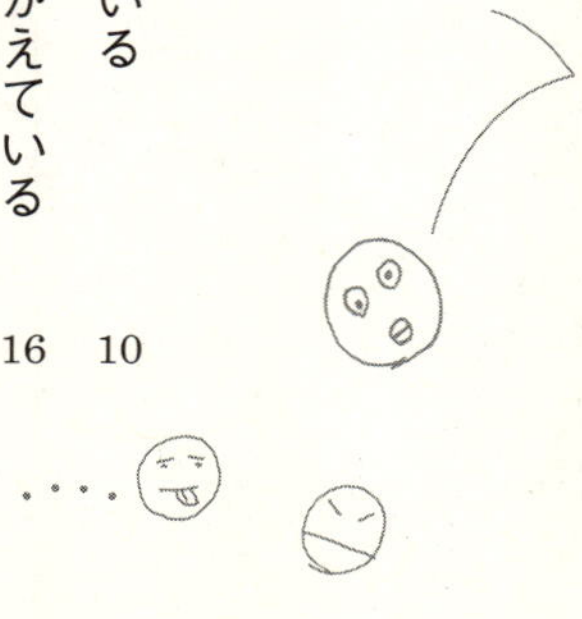

人のこころなんかつかむんじゃねえよ

手を差しのべている人にしか
リンゴやブドウは降りてこない

言うも、言わないも、あなたが決めていくことなの

すぐ役に立つものは、
すぐ役に立たなくなる

人が人を救うなんてことは 私はできないと思っている

中学二年生になる娘が、どうやら学校でいじめを受けているようなんです。今は毅然《きぜん》と学校に通い続けていますが……。話を聞こうにも、「大丈夫だから」の一点張り。こんなとき、娘のために親は何をしてあげられるのでしょうか。

（44歳・女・自営業）

お母さん、何もする必要はありません。

今のまま娘さんにすべてをまかせておくのが、賢明な子育てでの母親なり、両親の基本です。

〝敢えて手を差しのべない〟という行為は、簡単なようで難しいというか、忍耐力がいります。

今の中学校の現状が、私が通っていた頃とは比べものにならぬほど陰惨だったり、子供が狡猾《こうかつ》だったりしていることは、私もルポや現場の教師から耳にして知っていますが……。それを踏まえて考えてみましたが、やはり娘さんにまかせるのがベストだと私は思います。

中学二年生は子供でもあるし、子供でもない時期にきています。学校は学校であると同時に社会の一面を持っています。誹謗《ひぼう》、中傷が社会では直接的にない分、半大人の中ではまかり通っているのです。それを乗り切ることがもっとも大事です。

――でもそれが原因で自殺をしたら？

そういう考えでは教育はできんでしょう。

登校の際に交通事故で死んだらどうするっていう心配と同じです。

じゃ自殺をしないとの確信は何かというと、あなたと同じ血が流れている一人の人格だと信じるしかないでしょう。

そのようなことを事前に防ぐには、よくよく見ていることです。

大丈夫です。何とか乗り越えてくれるはずです。

私からの提案はひとつだけです。

娘さんにそっとメッセージを渡しなさい。

〝何かあったら言って下さい。母さんはあなたとともに闘いますから〟

人が人を救うなんてことは、私はできないと思っています。しかし**人が人とともに闘うことはできる**はずです。


この春入社した、新入社員です。自己紹介で中高は野球部だったと告白してしまい、会社の野球部に無理やり所属させられています。日常の業務だけでも大変なのに、土日は練習・試合で潰れます。休みたくても、部員はもちろん全員先輩ですから言い出せず。このまま続けていく自信がありません。

（22歳・男・会社員）


君ね、甘えたこと言ってちゃイカンよ。

若い君がどうして休まなきゃイカンの？

それにやっているのは、君が好きだった野球なんだろう。野球って攻撃の時はベンチで休めるんだし、守備の時だって、君のところばかりにボールは飛んでこないだろう。

あんな面白いスポーツはないんだから、プレーをしてれば疲れもとれるのと違うのかね？

デートの時間がないのか？

じゃ彼女をグラウンドに連れてくりゃいいし。第一、夜明けからナイターまで野球やってる会社のチームがどこにあるよ。それと自己紹介で言ったんだから、発言に責任を持たなきゃ。学校じゃないよ。社会なんだよ。

どうしてもやめたいって？

じゃどうしようもないプレーをしなさい。そうすりゃ、皆必要ないって言い出すし、おそらく職場でも必要がないと言われはじめるから。

休むんじゃないよ。若いのが！

世間ではどんどんタバコに対する風当たりが強くなっていますね。僕の会社も数年前から全館禁煙になりました。仕方なく喫茶店や外の喫煙所などで吸うのですが、煙の臭いが衣服に付くのか、社に戻ると部内の女の子ににらまれたり避けられたりして肩身が狭いです。どうしてこんな世の中になってしまったんでしょう。

（43歳・男・会社員）

君ね、タバコやめなさい。

会社の女の子の目が自分のタバコの匂いくらいで変わってくるんじゃないかって考えるような思考回路ならタバコをやめた方がイイって。

第一、健康には悪い。タバコ料金はこれから先上がって行く。会社によっては喫煙者は仕事の能力ナシ！　と出世にも影響する時代が、そこまで来てるんだから。

それに始末が悪いのが、以前タバコを吸ってた連中。昔は、まったく吸ってない人は喫煙者に理解があったの。「吸うんですか、ああかまいません。私も何度か試してみたんですが、どうも身体に合わなくてね」と笑って見ていたものです。

ところがいったん禁煙者になると、喫煙者が落伍者みたいに言うし、軽蔑の目で見てきやがる。ホント、タチが悪い。

「すみません。伊集院さんはタバコを吸われるんですか」

俺がタバコを吸うかって。君ね、あれは吸うんじゃなくて、**呑む**ものなの。あんな美味《うま》い呑み物、この世の中に他にないでしょう。

それに会社でタバコの匂いが気になって嫌な顔をする女達の話が出たけど、そんな女はクソでしょう。憲法で禁煙とでも言ってるのか。ならその女どもは国外追放だよ。断じて言うが、そういう女どもは必ずフシアワセになるし、人生の末路は哀れそのものだ。

ただ私だって、**妊婦や子供がいる所じゃ吸わん**よ。ルールを守ってりゃ、あんな美味いもん、手放す必要はないよ。喫煙者ならもっとしっかりせんかい。

目に見えているものはすべて あやふやな側面をかかえている

いつも寝坊してしまいます。そのたびに時間を守ることは「社会の最低限のルール」だと怒られるのですが、たかが五分遅刻したくらいで特に業務に影響もないのに、なぜそんなに怒られなければならないのか、納得できません。時間を守ることは本当に「最低限のルール」なのでしょうか。先生はどうお考えですか。

（29歳・男・会社員）

たかが五分くらい遅刻しただけで、特に業務に影響もないのに、なぜそんなに怒られなくてはならないのか？

君と同じことを、かつて二十代の時わしも遅刻の常習犯で、初中後《しょっちゅう》、上司から言われてたよ。私も、たしかに遅刻はしたけれど、その日の仕事にはまったく支障はなかったじゃないか、とこれも同じことを思ってた。

いやはや面白いもんだね。同じことをくり返しているバカが世の中にはいるんだね。

たかが五分ね……。

わしもそう思ってたよ。

そのたった五分という時間でひとつの国が滅亡をはじめ消失することが歴史の中で起こっているんだよ。ましてや会社ひとつが跡形もなくなるのに五分は十分な時間だったりするんだよ。

でも大事なことは、そんな時間の実態じゃないんだ。さらに言えば三十秒前にやってきたからセーフということでもないんだ。

仕事というものは大人の男の軸なのだから、その軸が会社という集団のなかで、それぞれ個として立っており、その軸がかたちをかえてチームとなり、チームワークという仕事でぶつかるわけだ。一人でやれることなんか高が知れてるからな。

仕事でも何でもそうだが、いざ行動に入るには足並の揃えが不可欠だ。そうでなきゃ戦力がバラバラになるし、むしろマイナスになる。いざ行動と書いたが、すぐにはできないのが人間の為すことだ。そのためには何が必要か？　それは備えだよ。

「備えですか？」

「そう、行動には準備がいるんだよ」

距離を飛ぼうと思えば助走がいるだろう。君が天才なら別だが、そうじゃないだろう。

決められた時間に皆が集まり何かをはじめるというのは、その行動の備えとして不可欠なんだよ。私は企業、職場＝運命共同体説だから、一人の人間のイイ加減さは、例えば大きな船の部品ひとつのイイ加減な作りと同じで、その船が沈むように、会社を傾かせるんだ。

「そんな大袈裟《おおげさ》な……」

「そう思うかい？　ならトップに聞いてごらんよ。否定する人はいないよ」

目に見えているものはすべてあやふやな側面をかかえているのさ。

あとひとつ、遅れないで行くのは**礼儀**だ。誰だって寝坊したいし、楽をしたい。それを敢えてそうしているうちに何でもないことになる。大事なのは**誰も皆楽し**

たいが、そうしてないことをわかることだ。
結論だが、今のままの考えなら人に迷惑がかかるから**とっとと会社をやめろ**。
それがむしろ礼儀正しい大人の男の判断だ。

かつて趣味として取り組んでいたことが、現在の仕事となってしまいました。仕事になってからも、それに対する興味は増す一方で、時間の許す限り取り組んでしまうという毎日です。街に出て遊びもするのですが、頭の中はいつも仕事のことで一杯です。普通に考えたらそれは本当に幸せなことなのでしょうが、この状態が続いていった場合、いつか「小説しか書けない人間」になってしまいそうで心配です。小説しか書けない人間に、小説が書けるものでしょうか。

（作家・道尾秀介《みちおしゅうすけ》）

やあ、道尾さん、元気ですか。
このコーナーがはじまって一年以上が経つけれど実名で、しかも私の友人が悩み相談に葉書をくれたのは初めてだ。

私とあなたのボトルが並んでいる浅草のスナックのママは元気かい？　元芸者っていう人は人生の辛いも甘いもわかっていて、飲んでいて楽なもんだね。

さてあなたの質問だが、正直、驚いたよ。

あなたほどの人が、そんなふうに悩んでるとは思わなかったし、半分ジョークととらえても、このコーナーはバチカンの法王からの相談事でも重婚罪を知らなかった若い役者の悩みでも平等に扱うことを旨《むね》としているから（それほどでもないか）、私は遠慮なく答えさせてもらうよ。

コラッ、そんなことで悩んでるんじゃない。

世間に仕事がなくて困ってる人が何人いると思ってるんだ。ましてや自分には合わないと思っても耐えて仕事をしてる人がいったいどのくらいの数いると思ってるんだ。

それに「小説しか書けない人間」でいいじゃないか。

私がこれまで見てきたいい作品を書いた作家は、じっと見ていて、

——この人、小説に出逢わなければまともに社会では生きて行けなかったろう

ナ。

と思う人がほとんどだぜ。

小説しか書けない人間に、小説が書けるものなのでしょうか、って言うけど、アイツ小説も書けるのか！　って人でまともな小説書いた人を、私はこれまで見たことがありません。

そんなことで大事なあなたの時間をとらないで、二人して〝**性悪女を探すツアー**〟でも出かけませんか。勿論《もちろん》、君がカマセイヌで。

そう言えば君の直木賞受賞作『月と蟹』の、あの鎌倉宮の先で、昔、私は迷子になったことがあるんです。

人生何かに夢中になれる時は
そうそうあるもんじゃない

知り合いに勧められてから、宝塚のきらびやかな世界にはまっています。頭の中は宝塚のことでいっぱいで、毎晩夢にも出てきます。最近では会社の女上司の仕草が宝塚っぽく、目を奪われることもしばしば。同性愛に目覚めそうで怖いです。

（24歳・女・会社員）

二十四歳のＯＬさんが宝塚にはまったのか。
毎晩、夢に、あの舞台が出てくるんだ？
イイネ、君、イイ感じだよ。
イケメンの、アホバカ男に夢中になったっていう話より君の熱中振りは格段イイよ。

何がそんなにイイのかって？

君には打算がないし、その感情には果てがなさそうでイイんだよ。

それに、私、以前から宝塚の舞台のテレビ中継を見ていて、これの何が、どこがイイのか、さっぱりわからなくて、その一から十までどこがいいのかわからないものに、君が夢中になっているのが、スゴ～クイイんだナ。

それで最近は会社の女上司の仕草が宝塚っぽくて、仕事中に目を奪われてるって？

いや、ますますイイナ。

私にはその上司が、男役なのか、姫役なのかはわからないし、それに、目を奪われてしまう君の恍惚《こうこつ》感というか、性的な倒錯にまで達しようとしている点がイイんだな。

わしゃ尊敬するよ、君を。

同性愛？　イイんじゃないか。

けど宝塚イコール同性愛って言うのは、そりゃ少し違うような気もするがね。

将来のことなんか、どこかに置いて、まずは夢中状態を続けることだよ。

プライベートではその女上司のシモベになるのも悪くないんじゃないか。ともかく人生何かに夢中になれる時はそうそうあるもんじゃない。**徹底してやってくれ**よ。応援してるよ。

ところで、私に宝塚の趣味がないのかって訊《き》くの？　まったくないんだナ。昔、子供の頃、田舎の家に〝ジュニアそれいゆ〟という雑誌が送られてきていて、中原淳一《なかはらじゅんいち》という人のイラストがあり、三人の姉がそこに描かれてある男、女に憧れていたらしいんだが、これがどこがいいのかまったくわからなかった。あんな感じなんだろう？　えっ、違うの？

世界の飲食物の中で、お酒が一番好きです。しかし飲めない夫は家庭内にお酒を持ち込むのを嫌がり、子供にも「お酒はよくない」と教え込んでいます。私が飲んで帰ると、白い目で見られます。先生、私、そんな悪いことしていませんよね？

（42歳・女・会社員）

この頃は本当に女性の方が潔《いさぎよ》いというか、しっかりと生きようとしてるね。

四十二歳のＯＬさん。あなたちっとも悪くなんかありませんよ。

私も世界の飲食物の中で、お酒が一番好きじゃ。こんな美味いもんは他にはタバコくらいでしょう。

旦那さんが酒に対して偏見を持っているのか？　子供にも酒は罪悪と教えてるのか。

子供はこの先、更生して飲み出すかもわからないから放っとくとして。

旦那はどうしたもんかな……。寝入ってる時に少しずつ口移しで飲ませても気付かれるしな。家庭料理に少しずつ酒を入れて行っても限度があるしな。

本当に酒を受けつけない体質の人っているからな。

冬まで待って二人して山に入り、奥さんのポケットにウィスキーを入れておいて遭難するってのはどうだ？　無理があるナ。

やはり別れるか、どうかね？

金の切れ目が縁の切れ目って言うから、**酒の切れ目が縁の切れ目**ってのもあっておかしくないんじゃないか。ともかくわしは奥さんを断然支持します。

どうしても緊急にお金が必要なときは、誰に頼めば良いのでしょうか？　両親が他界してからというもの、兄弟と疎遠です。サラ金には手を出したくなかったのですが、やむを得ないでしょうか。（38歳・男・会社員）

どうしてもお金が必要な時に誰に頼めばいいかって？

君ね、そんな人がこの世にいるわけないでしょう。たしかに親が生きているなら、君の言うとおり、親に頼むのが一番よかったのだろうが、その親だっていざ金を用立てようとすると、これが上手《うま》くは行かんものだよ。

じゃどうすりゃいいかって？

適切な答えが世の中にあるのなら、泥棒も強奪も生まれやせんよ。

何があったのかは知らんが、金が必要な時に緊急も緩急もありゃせんのだよ。

今、君は金が必要だと思ってるのだろうけど、嘘は言わないから、**そのまま放っておいてごらん**。そのうち**物事は時間が経てば片付いていく**もんだ。

どう片付くかって？

そりゃ簡単だ。あの時、金がないから、こうなりました、ってことでしかないって。

もっと肝心なことは、緊急な金が必要になる生き方をせんことだ。金があれば解決するってことに近寄らんことだよ。

放っておいたらわかるって。

金を持ってる奴は決して、その金を離さないし、金がない奴に限って一緒にムダな奔走をしてくれるのが世の中だから。それと覚えておくといいよ。自分は必要以上の金を持ってると思ってる金持ちは一人もいないから。

人の反応を気にしてると必ずつまらないことになるぞ

昔からの憧れだったフランス留学を諦めきれず、この秋からチャレンジします。しかし、会社を辞めてのゼロからのスタートを、彼女も友達も歓迎してくれません。このまま働き続けるより、確実に成長できると思うのですが、幻想でしょうか。

（29歳・男・会社員）

憧れのフランス留学へ行くか。憧れ、という点が少し気になるが、たとえたいしたものを学びに行く留学でなくとも、言語が違う見ず知らずの国、土地に行き、一人で暮らすことは人生の中の貴重な体験、時間になるはずだ。

ほとんどの人の生きる姿勢、進むべき道を決定付けるのは、人との出逢い、何ものかとの**出逢い**しかないと私は思っている。

何かと出逢うためには、今その人が置かれた環境から**脱出する**ことが不可欠なんだよ。

私の見知っている限り、生涯で何かしらの仕事をやった人たちに共通しているのは、まるで運命であったかのような素晴らしい出逢いをしている。そうして興味深いのは、その出逢った前後、当人は苦しい時期であったり、耐え忍んでいた時代であることが多い。

最初に私が、憧れというのが気になると言ったのは、君がもしかして留学したらバラ色の時間が待っているのではと考えているのではないかと思ってね。異国の地に立てば、さまよえば、君は必ず目に見えぬ壁にぶつかる。そうしてその壁から目を離さずにいれば、そこに何の力も持たぬ自分の姿が映っているのが見える。

日本では経験できない孤独を知る。実はこれが留学最大の要所なんだ。夏目金之助こと若き日の漱石もノイローゼになったほどだ。

留学は最初から君にとって愉《たの》しいもの、良いものを与えない。それに君が無事に帰国できる保証もない。二度と日本に戻らない運命に出逢うことだってある。

それを考えればガールフレンドや友人の君の留学への反応なんてまったくナンセンスだよ。周囲の人の反応なんてどうでもいいことだよ。さらに言えば、人の反応を気にして物事を選択してると必ずつまらないことになるぞ。

ともかくさっさとフランスに行きなさい。

淋しいから、つまらないからってすぐに帰国したら、君はその後何をやってもモノにはならんよ。

二人目の子どもも生まれ、将来のことも考えて夫の名義で生命保険に入らないかと持ちかけたところ、普段はやさしい夫が激昂。「俺が死んだら一千万円入る、それで幸せになれるのか！　そんなもんか！」とわめき散らすので驚きました。なんとか説得する方法はないでしょうか。

（34歳・女・主婦）

まあご主人の気持ちもわからんではないが……、ご主人にすれば自分の死を前提に保険料を払うってのが気に入らないんだろうよ。奥さん、ご主人に何かあった後の自分と子供のことが心配なら、いっそご主人に内緒で保険に入ったらいいじゃないか。

ああ、そうか、本人の承諾がいるのか。じゃご主人に夕食の時、いつもより酒を飲ませて、すっかり寝入った後、指にペンでも判子でも握らせて書類に承認させりゃいいじゃないの。それも無理があるってか。

逆上してる今は説得は難しいぜ。

しかし自然と納得してくれる時は来るものだよ。友人、知人が急に亡くなって残された家族が大変になったのを目《ま》の当りにすればすんなり変わるよ。こういうものは**時期がある**から……。

ちなみに、わしが生命保険に入っているかって。入ってるわけないでしょう。自分が死んだことで女、子供に金が入るのは教育上よろしくない。いらぬ金を持たせると女、子供は必ず厄介事をかかえることになる。一方で、やれ健康だ、やれ長生きしようだ、と言っていて生命保険に入るのは一貫性がなくてわしの主義に反する。

子供のころ、墜落事故のドキュメンタリーを見てからというもの、飛行機が怖くて仕方ありません。このたび出張の多い部署に異動になり、飛行機に乗る機会が増えてしまいました。今からとても憂鬱です。（32歳・男・会社員）

子供の時、飛行機の墜落事故のドキュメンタリーを見たから、飛行機に乗るのが怖くてしかたないって？

別にその番組を見なくたって、あんなに大きくて重量のあるものが空を飛んでることに疑問を感じない人の方が異常でしょう。

第一、あれがあんな高い所まで飛ぶってことがあり得ないでしょうが。それにあんな高い所から毎回、やんわりと地上に着地するってことが奇跡でしょう。

わしも飛行機が苦手かって？

苦手とかいう段階とは違うから。わし、毎回、飛行機にはこころ掛けで乗っとるよ。あれ？　違うな。そう、**命懸け**で乗っとるの。

わし、飛行機に関しては言いたいことがヤマほどあるが、大人の男として黙ってるだけだから。

昔、家人と飛行機に乗っていて雨雲の中に突入して機体がメチャクチャ揺れたんだ。

「あなた。あなたがどれだけそうして両足を突っ張っても、席の肘掛けを握りしめていても、この揺れは止まりませんよ。リヤカーが空飛んでるんじゃないんですから」

わし、それを聞いて窓から放り投げてやろうかと思ったくらいだよ。

今も震災の二文字が背中に覆いかぶさっている

震災から三年が経ちましたが、復興が今も進まない状況がニュースなどで報道されています。復興を待ちきれず他の街へと移り住む人が、最近になって増えているのだそうです。私も生まれてこの方同じ九州の片田舎に住み続けているので、故郷を捨てねばならない悲しみは痛いほどにわかります。今、私にできることはないのでしょうか？

（54歳・女・主婦）

この原稿を書いている今日がまさに震災から三年になるのも感慨があるが、私は仙台の自宅で被災した。

今思い出しても、人生でこんな体験をするとは思ってもいなかったよ。幸い私も家族も無事だったからいいが、我家の庭の花木の手入れに来てくれる女性の娘さんが亡くなったり、海の方から近所に避難して来た人もいた。なぜ自分たちがという戸惑いが伝わったもの。半壊した我家はまだ工事もできない状態だ。被害のひどかった海側の人たちは今も震災の二文字が大きく背中に覆いかぶさっていると思うよ。ましてや家族を亡くした人たちの心情には計り知れない悲しみがあるだろう。

ただ九州に住んでる奥さん、あなたのような**他人を思いやる気持ちがあれば、もうそれだけで十分**だと思うよ。

被災者だって声高に、助けて下さい、なんて言ってないもの。たしかに国の復興の進め方に問題はあるが、国だけに頼っていては、再出発はできないもの。もしお子さんがいらっしゃるなら、**一度、被災地を見に行かせる**ことが大事だね、将来きっと役に立つから。やはり自分の目で見ることが一番、震災が何かを受けとめられるからね。

一番大変なのは故郷に戻ることのできない福島の人たちだね。その喪失感はお金では解決できないしね。でもあなたのように切ない境遇の人を思いやる気持ちが皆にあればそれが正しい生き方だろうと思うよ。

最後に、今の日本列島はどこに大きな地震が来てもおかしくないから、まずは普段の備えをきちんとすることだ。避難所にも、休日に家族と歩いて行ってみることだ。
東北はこれまで何度も大きな地震があっても起き上がって来ているから、そのたくましさを信じることだね。

今度結婚する予定なのですが、お互いの両親を会わせることに不安を感じています。私の両親は若干保守的な思想の持ち主。一方、彼の父親は某有名新聞社のお偉いさんで左寄り。気が合うとは思えませんが、仲良くできるものでしょうか？
（31歳・女・会社員）

君が考えているほど、親というものは狭量な考えをしている人たちではないよ。ましてや可愛い娘さんの結婚なら、たいがいのことは受け入れるものだよ。どうしてわかるかって？

大人になるってことは、世の中が**自分と同じ考えの人だけが生きているんじゃない**ってことを知ることでもあるからだ。

君と彼氏の場合は、保守的な考えの君の両親と、左派寄りの考えの彼の両親が、対面した時、話が合わないのではと心配してるんだろうが、子供の結婚だもの。話が合わないってことは、どちらの両親も口にしないから。

どうしてかって？

大人が、話を合わせる、というこころ構えで対面するんだもの。合わせてくれるに決ってるじゃないか。親は子供のためなら、そんなこと平然とやってくれるものだよ。

大丈夫だよ。安心して引き合わせなさい。

えっ、君の両親が意固地だって？

そりゃ、君が彼氏のために説得しなきゃ。えっ、彼氏の父親の某新聞社のお偉いさんも意固地だって？　そりゃ彼氏が説得すりゃいいだけだろう。

言っとくけど新聞社のお偉いさんって、ほとんどが愚か者だぜ。

定年退職して十年。妻は先立ちましたが少しは貯えもあり、今は週に二度、ゴルフに行くのが唯一の楽しみです。今やゴルフが私の妻、恋人です。ところが今年に入って、毎週末が雪やら大雨でゴルフができず、淋しくて仕方ありません。ゴルフができない一日を楽しむ方法はないでしょうか？　こんな私は変ですか？

（70歳・男）

我が友よ、ちっとも変ではありませんぞ。

ゴルフが恋人、おおいに結構。

ゴルフコースというものは、悪女にもなり、女神にもなりますから、**人生の最後の恋人**としてはふさわしいと思いますよ。

本当に、去年の後半から週末になると天候がおかしいものね。雪はまだしも七十歳を越えて大雨で風邪を引くのもいけませんしね。

さてそこでゴルフができない一日の過ごし方。練習場へ行くのもひとつの方法ですが、練習はそんなに面白いものではないものね。練習嫌いもおおいに結構。

そこで私の提案は〝読むゴルフ〟はどうですか？　ゴルフ小説でも、指南書でも、一度ゆっくり読んでみてはいかがかな。
『モダン・ゴルフ』（ベン・ホーガン）、『ゴルフレッスンの神様　ハーヴィー・ペニックのレッド・ブック』（ハーヴィー・ペニック）、『バンカーから死体が』（エリナー・ラリー他）、『わが心のホームコース』（夏坂健）、『あなたに似たゴルファーたち』（伊集院静・失礼）
そして今一番面白いおすすめの新刊（二〇一四年）が、『「ゴルフ力」の鍛え方』（阪田哲男）。これは本当に雪、雨の日にゴルフと過ごすには最適です。硬派なゴルフの本です。厳しいが目からウロコですぞ。

当人同士がしあわせなら もうあとは何もなくていい

お付き合いしている年上の男性から先日プロポーズされました。嬉しくてその場でオーケーしてしまったのですが、今さらになってひとつ気になることが出てきました。実はその彼、離婚経験があるんです。しかも四回も……。結婚生活というものにむかない人なのかと、不安になってしまいました。（42歳・女・会社員）

それはおめでとうございます。

しあわせになって下さい。

それで何か問題がおありになる？

相手が、これまで四度結婚して、四度離婚をしているのがわかったって、それで何か心配なの？

あっ、そうか、あなたが五度目の離婚相手になるんじゃないかって心配なわけだ。

四度も離婚していれば、その相手が結婚生活にむいてないんじゃないかってね……。

そりゃ、そうだな。

けどね、君、世間というもんは、ホンマかいな、ということが平然と起こる世界だからね。聞きにくいことだろうが、一度、その相手に、

「どうして四度も離婚する破目《はめ》になったの？」

と訊いてみるのがイイと思うよ。

直接、それを聞くことが嫌なら、誰か適切な人に聞いてもらうのも手だろうな。

そうしたら一度目がアルコール依存症の女性で、毎晩酒をつき合わされて死にそうになって、二度目が性欲異常者で朝まで離してもらえないで会社に行っても星が飛んでる状態でこれも死にそうになって、三度目は鳥になりたい女性で放っておくとすぐ屋上から飛ぼうとして何度も入院してこれ以上治療費が払えなくなって、四度目は盗癖がある女性で自分のものから親戚、友人のものまで隙があれ

ば盗もうとして、夜も眠れず死ぬとこだったとか……、そういうケースもあるんじゃないのかね。

あるわけねぇか。けどもしそれが本当にあったとしたら、その男も大変だったろうと同情するけど、その男はそういう女性がついてしまう星の下に生まれてきてるんじゃないのかとも思ってしまうもんな。

しかし人生は確率論じゃないものな。

でも大丈夫だよ。〝二度あることは三度ある〟という諺《ことわざ》はあるけど、〝四度あることは五度ある〟って聞いたことないもの。

あっ、〝人は同じ過ちをくり返す〟ってのがあったな。

わかった。結婚するから離婚になるんだよ。結婚しないで一緒にしばらく暮らしなさい。それで十年とか大丈夫なら、そこで結婚したらどうかね。そうしたらすぐ離婚したりして、先天性離婚症の男だったとか？

━ 昨年、五十年連れ添った母が亡くなってからというもの、父にまったく元気がな

く心配です。気をつかっていた服装にも無頓着になり、何より外に出ることがほとんどなくなってしまいました。まだ一年ですので仕方ないとは思うのですが、無気力な父を見ているのはつらいです。何とか元気づける方法はないものでしょうか？

（48歳・女・自営業）

娘さん、あなたはとっても大切なことに気付いて、心配している。サスガじゃ。

私も、長年連れ添った奥さんを亡くした男たちの中で、どれだけの数、ガックリして、気力がなくなってしまう人を見てきたことか。まず服装がおかしくなる。奥さんが元気でそばにいた時は、いつも身綺麗にしていてそのことがわからなかったが、或る時、どうしてこの人ボタンが取れそうなジャケットを平気で着てるんだとか、シャツがよれよれじゃないか、と驚いてしまった。その時、男たちは、そうか女房が亡くなって、それを注意したり、気遣う人がいなくなったんだナ、とそれが言い出せない。

だから私は、その人の息子や娘に言うことにしている。以前のようにきちんとさせなさい。注意してもダメなら、こう言いなさい。ちゃんとしてなきゃ、死んだお母さんが泣いてしまうわよってね。
大人の男が身なりに気を使わなくなったら、それは**礼節を失う**ことだから。つまり恥を晒《さら》すことになるんだ。まだ一年なんて言ってないですぐに新しいスーツを作るくらいのことをした方がよろしい。

今年で七十になります。夫にも先立たれ、しばらく悠々と生活しておりましたが、近頃とても気になる男性が現れ、その方と再婚したいと考えています。しかし、やはり「この年齢で再婚」というのが恥ずかしく、今は立派な家庭を持っている二人の息子にも話を切り出すことができません。先生のご意見をお聞きしたくお手紙させていただきました。

(70歳・女)

あなた、それは素晴らしいことじゃありませんか。
〝人生の晩年で得た友人は磨いてきた宝〟というイギリスの諺がありますが、その言葉から想像すると、〝人生の晩年で得た恋はこれからまだ磨きなさいという祝福〟と言えるんじゃないでしょうか。

息子さんたちに話したければ話してみるべきだろうが、彼等がモロ手を上げて賛成してくれると期待しないくらいの方がいいと思うね。

壮年の男は妙に考えが狭量な所があるからね。私の考えでは別に話をわざわざすることはないと思うよ。理解して欲しくて話すんでしょうが、七十歳の恋の感情、ときめきはおそらく彼等に理解できないと思うよ。大切なのは**当人同士がしあわせ**なら、それでもうあとは何もなくてよろしい。いや、おめでとうございます。

まずは〝孤〟が肝心
独りでやることを身につけろ

僕は映画監督を目指しています。子供の頃から映画が好きで、いまは専門の学校にも通っています。しかし、ふと気付いたのですが、自分の撮りたいものが見つからないんです。先生は「どうしても書きたいこと」があって作家になられたのですか？

（22歳・男・専門学校生）


ふと気付いたんですが、って君ね。

二十二歳の君が、ふと気付いたことに、なぜ締切りだらけでメチャ忙しい私がいろいろ答えにゃならんの。

目上の人間に何かを訊く時は日本語をきちんと書いてこないと。日本語がきちんとできないと何をやってもひとかどの仕事に出逢えんぞ。

ましてや映画監督を目指しとるんなら、映像の前に、シナリオ、言葉ありきでしょう。

自分の撮りたいものが見つからないって、当たり前だろう。そんなものが若い君にすぐ見つかるはずがないだろう。

それを探して、うろうろするのが**学ぶ**ってことだろう。

仮に撮りたいものがあったとしても、若い時に考えていたもののほとんどが底が浅いものでしかないよ。

私の方の仕事でも、これを書くために作家になったなんて本の帯に書いてあるのを見るけど、出《で》鱈目《たらめ》だよ。私の本を見てみるといいよ。そんなことが毎回宣伝文句にあるし、伊集院静の最高傑作ってのが、もう三冊続いとるんだぜ。

——いったいどの作品が最高傑作なんじゃい！

と私も呆れとるんだ。

それに今年出したもんが最高傑作なら、来年どうすんだよ。

君に必要なのは、今は本を読み、作品を一本でも多く見て、ともかく制作**現場で汗を流す**ことだよ。

ふと気付くんじゃねぇよ。

大学に五年、大学院に五年在籍し、晴れてこのたび就職しました。しかし同期の社員はみんな若く、六歳年上の僕はキワモノ扱い。飲み会があっても僕だけ誘われていないなんてこともよくあります。どうやって若い人たちの話題についていけばよいのでしょうか。厳しい社会人生活の中で社内に心を許せる人がいないのは辛いです。

（29歳・男・会社員）

同期の中で君だけが五、六歳上で、浮いてる感じがして、社内にこころ許せる者がいなくて辛いってか?

何を甘えとるんだ。

アホかおまえは。

会社ってところは同期とチャラチャラするところと違うだろう。一刻も早く仕事を覚えて十歳、二十歳、三十歳上の人間とやり合いながら仕事を覚えていくところだろうよ。

　同期なんぞに目をむけてる暇なんかあるわけないじゃないか。学校のサークル活動に入ったのとわけが違うだろうよ。**同期と飲むんじゃないよ**。何にもなりゃせんて。

　それに君、こころ許せる人って簡単に言うけど、そういう相手は三十年、五十年に一人あらわれるかどうかだぜ。

　それにこころをそんなに許すんじゃないよ。人を信用するなって言ってるんじゃないぜ。まずは〝**孤**〟**が肝心**でしょう。独りでやっていくことを身につけないと。

　それと、晴れてこの度就職したって、自分が口にすることと違うだろう。晴れか、曇りかは働いてみないとわからんだろう。もしかしたら台風みたいな数年になるかもしれんのだから。まあその方が学ぶことは多いが。

　ともかくその甘ったれた性根から叩き直しなさい。

七歳になる息子は、そこらへんからバッタやらカマキリやらを捕まえてきては、虫かごに入れてこっそり飼いだすんです。私は虫が大嫌いなので、逃げ出したりしたらどうしようと眠れなくなります。子供が好きでやっていることですし、禁止などはしたくないのですが、このままでは私の方がおかしくなってしまいそうです。

（34歳・女・会社員）

三十四歳のお母さん。息子がそこら辺りからバッタやカマキリを捕まえてきてこっそり飼ってるって？

いい環境に住んでるんだね。

しかしなぜこっそり飼わにゃならんの？

あっ、お母さんが虫が苦手なの。

そりゃ、お母さんが我慢しないと。

子供が昆虫を飼うのを禁止する親がどこにいますか。

立派な昆虫学者が誕生するかもしれませんよ。それに虫を飼えば必ず〝生命の死〟を子供が見ることになるから結構、学ぶもんがあるんだよ。

このままではお母さんがおかしくなってしまうって。虫くらいのことでオーバーなこと言うんじゃないよ。息子と二人で虫カゴを観察してみりゃいいんだよ。可愛いもんだ。そんなことより、ご主人に変な**虫がついとる**かもしれんから、そっちを注意した方がいいんじゃないか。

最近キャバクラでアルバイトを始めました。そもそもが内気な人間なので、お客さんと話をうまく合わせられず、失敗ばかりです。どうすれば人の会話をうまく盛り上げることができるのでしょうか？

（20歳・女・大学生）

話は下手でいいから**聞き上手**になりなさい。阿川佐和子さんの『聞く力』を読み、そして帯の彼女の顔をよく見て、聞いてる感じを練習しなさい。

すぐ役に立つものは、すぐ役に立たなくなる

郷里の父が亡くなりました。私は一人っ子なのですが、東京で家庭も持っており、独り残された母が心配です。上京するよう誘ったのですが、「地元が好きだから」と聞き入れてもらえず。今は良くても、そのうち介護が必要な状況になったらと思うと不安です。老人ホームにいれるのも抵抗があります。母を説得する方法はないでしょうか？

（42歳・男・会社員）

郷里の父上が亡くなり、母上が独りになってしまい、君は一人っ子で兄弟がない。そこで母上に上京して一緒に暮らそうと提案したのかね。

母上の返答は、地元でこのまま生きたい、ということですな。

そうさせてあげなさい。

今は元気でいいが、年が過ぎて介護が必要な状況になった時も心配なのか？

いい介護をつけてあげなさい。それでいいと思うな。

老人ホームにいれるのも抵抗があって？

いれるって、あなた、犬、猫じゃないんだから、抵抗って、あなたは何に対して抵抗があるの？

①息子としての立場？
②それとも世間体？
③そうではなくてあなたのお母さんに対する愛情とかこれまでの感謝の気持ち？
③以外の、あなたの周囲の目や自分自身の気持ちに対しての納得ということなら、そんなことを考えるのはよしなさい。
どうしてかって？

父上が、突然亡くなったのなら別だが、まあそうであっても、一人息子のあなたが、それまで母上が独り暮らしになるってことを想像していなかったことが問題だよ。

母上が一人になったから、急にそれを考えたところで物事が上手くすすむわけないじゃないか。生前の父上とそのことを話したこともないんだろう。そういう男は迂闊《うかつ》というより、まだ男として未熟なんだよ。

自分を生んで育て、学校まで出してくれた親に対して、思いがなさ過ぎるよ。親の面倒を子供が見るのは、日本の社会の常識だよ。まあそうなったのは仕方ないから、母上の希望をよく聞いて、それをかなえてあげることだ。

時々は上京してもらわないと。そうすれば一緒に暮らしてもらえるかもしれないよ。子供がいつまでも親に甘えるのは恥ずかしいことだから。君はそれに気付いてるだけマシだ。

つきあっていた男の人にフラれました。生まれて初めて好きになった人で、本当にショックだったのですが、最近別の男友達から告白されました。その人に恋愛

感情はないのですが、女友達に相談したところ、「何も考えず付き合ってみればいい」と言われました。先生はどう思われますか？　本当に好きな人とつきあわなくちゃ、意味がないというか、相手に申し訳ないような気がしてしまうのですが。

（25歳・女・ＯＬ）

そりゃつき合ってみるのが正しい。

君は生まれて初めて好きになった人にフラれたって言うけど、まだ二十五歳だろう。

これからどんどん人を好きになると思うぜ。それに自分が好きだってもんが、どれほどのものかということもわかるようになるよ。〝本当に好きな人とつき合わなくちゃ意味がない〟と君は言うけど、その本当に好きってのがだいたい怪しいんだよ。本当って、ほとんど本当でも、本気でもないから。

それに意味がないってのも、これもまったく意味がないから。

人が人を好きになるのに、いろいろ意味なんかつけてたらキリがないし、第一かたくるしすぎてやっていけないから。

最近家のリフォームをし、その際に業者にオール電化のＩＨにしないかと提案されました。実際には断わったのですが、もしオール電化にしたら、子供達は「火」を見ることなく大人になるのだな、と考えて少し怖くなりました。「道具・火・直立歩行」こそが人間と教わってきた私には、どこかおかしいような気がしてしまいます。

（41歳・女・主婦）

あなたの意見はまったくもって正しい。

オール電化なんて、電機メーカーが考えた全商品を買わせようっていう、人間の暮らしとは相容《あいい》れないものです。

こんなシステムのことばかりに頭が行って、肝心の商品のひとつひとつの開発を怠《おこた》っていたから日本の電機メーカーが総負けになったんです。

夜明けから暑いってところは赤道直下くらいしかないんだから。夜明けが冷たい、寒いから人間は自然に目覚めるし、火というものを子供の時から間近で見て、体験するから、火に対する怖れ、用心が育つんだ。

私は去年の震災に仙台の家で遭遇したのだが何が一番困ったかというと、まだ春先で、当日は雪が舞っていたから、その夜の暖が取れなかったことだ。ほとんどの家がそうだったんだ。その原因は暖房から、照明、すべてが電気（ガス）でコントロールされていたからで、やりようがなかった。幸い我家ではその備えがあり、灯油ストーブや、暖炉を燃やしたが、そうできなかった人の話を聞くと、それでお年寄りはいっぺんに身体の具合が悪くなった人が多かったそうだ。

便利なものは、必ず弱点がある。

すぐ役に立つものは、すぐ役に立たなくなる。これは昔からの常識だから。

人のこころなんか
つかむんじゃねえよ

正しいとか、正しくないとか、言うとる方がおかしい

酒乱で悩んでいます。酒が進むと、誰かれかまわずキスをしてしまったり、「暑い」と言って服を脱いでしまったり……しかも翌日は全く覚えていないという体《てい》たらく。この悪癖を治す方法は無いものでしょうか。

（23歳・女・会社員）

酒を飲んで乱れるってか？

そりゃ君、酒を飲んで少しくらい様子が変わらないと、酒を飲んでる意味がないでしょう。

乱れるって、それは乱れ方っていうか、程度の問題でしょう。

若いようだし、酒も勉強というか、修業がいるからな。

オイ、ちょっと待て。

君、オンナか？　二十三歳の女性で酒乱ってか……。
二十三歳のお嬢さんで、酒好きで、酒が進むと、誰かれかまわずキスをするのか……。
悪くないじゃないか。
君、イイヨ。大きい将来をわしは感じるナ。
キスだけか？
脱いだりはせんのか？
オウーッ！　脱ぐのか。
エライ！
機会があったら一緒に飲もうじゃないか。
翌日、自分が何をしてたか全く覚えていない。
結構じゃありませんか。
酒はうさを晴らす力もあるから。酔った上のことは忘れるくらいの酒がヨロシイ。
君は自分の酒が悪癖と思っているが、わしら男からすると、若いお嬢さんが酒に酔って、キスはして下さるわ、肌を見せて下さるわ……。そういう若い女性を、わしらは通常〝**天使**〟と呼んどるんだが。

君、本物の酒乱というのは、そんな可愛いもんじゃないんだよ。そりゃもう身の毛も凍る本格派の酒乱というのがおるんだよ。

どんなんかって?

一度、わしの仲間と飲むかね。

一升壜《びん》持った北朝鮮のミサイルみたいなのとか、サカリのついたタイガー・ウッズの十人分だとか……。

しかし酒は〝百薬の長〟とも〝夢に誘う扉〟とも言って、人の身体、こころに安らぎを与えてくれるのも事実だから。飲む人が酒を良き友にすることだよ。けど君、脱いだあとはどうなんだよ?

会社の同僚が、いわゆる「枕営業」で契約を取ってきているらしいのです。それとなく咎《とが》めると「女の武器を使って何が悪いの?」と開き直られました。確かに、

営業成績も、社内での評価も彼女の方が上です。先生は私と彼女、どちらが正しいと思いますか？

（32歳・女・不動産業）

営業の相談事ね、しかも女性か……。

それにしても、最近の相談は女性から来るものの方が、男から来るものより、充実しとるというか、中身が濃いというか、世の中は大丈夫なのかね。

それにしても〝枕営業〟なんて言葉がまだ本当に生きてるのかね。

言葉の意味がわからない読者もいるだろうからいちおう説明しておくが、物を売り買いする時に、その商いを成立させるのに、床の中（まあベッドの中でもいいが）で身体を使って交渉に役立てるのを〝枕営業〟というんですな。勿論、普通の辞書にはのっていません。隠語だわな。

主には女の人の行動を言うが、最近は男もあるかもしれんね。

それにしても凄い営業をしとるというか、そうしないと、この景気では不動産は動かないのかね。

世間は広いから、そういうこともあるんだろうな。それで彼女の方が営業成績も評価も君より上なのか。それが納得いかんと？

それで自分と彼女はどちらが正しいのか知りたい？

何を甘いことと言うとんの。彼女も好きでそんなことはしとらんやろう（たまに例外もおるだろうが）。それにそんなやり方がいつまでも通用せんことは彼女も君も常識でわかっとるだろう。そんなことで取れた仕事はたかが知れとるぜ。

大人の男の世界では、ヘソから下のことを仕事に結びつけるな、というのは常識だからな。

仕事はそんな甘いもんとちゃいまっせ。

正しいとか、正しくないとか、言うとる方がおかしい。

もうひとつ厳しいことを言うと、彼女も同僚やろう。あんたのところで、その噂話を塞《せ》き止めてやらんといかんとちゃうの？


私は女で身長が一八二センチあります。女友達はみな「スタイルいいね。モデルみたい」などと誉めてくれるのですが、男にモテるのは小さくて甘えん坊で可愛

い女の子ばかり。私は全然モテないんです。どうすれば一八二センチでも愛される女になれるでしょうか。（28歳・女・会社員）

それにしてもどうしてこう女性の方が積極的なのかね、生きるってことに。

君、一八二センチあるの？

イイ感じじゃない。

大きいからモテないって？

それ、まったくもって君の**誤解**だから。昔から自分より大きい女の人に憧れている男はたくさんいるし、そういう人と人生を歩んだ人が幸せになってるんだ。

それに今からは身体の大きい女性が間違いなく、ちいさくて可愛い女性より支持されるようになるから。

〝大は小をかねる〟どころか〝大じゃなくちゃイヤだ〟って時代はもうきてるって。

理想の家族なんてのは
あり得ない

この春、大学に合格し上京しました。友達もでき、楽しい毎日を送っていますが、初めての一人暮らし、夜になると無性に淋しくなり、毎晩地元の母に電話してしまいます。自分は自立できない人間なのではと、不安になります。

（18歳・女・大学生）

お嬢さん、淋しい時はお母さんに電話をすればいい。
お母さんもあなたの声を聞けて、安心してるし、嬉しいと思うよ。
電話をした後で、まだ自立できてないか、と思うくらいでいい。
心配しなくても自然にお母さんへの電話は減って行くものだ。
大人は、昔は、そんな電話なぞできなかったと言うかもしれないが、そうしたいうちはそうしなさい。あなたはお嬢さんなのだから、自立、自立と思わない方がいいよ。

自立したなんて、それは錯覚だよ。

第一、女性が自立するなんて、つまんないことだよ。男だって自立なんて口にしているうちはガキだもの。上手いこと誰かの世話になってる男を見ていて、楽そうだのう、たいしたもんだと思うもの。

それでも親はいつまでも生きてはいないからね。そのことを考えての、自立の準備なら悪いことじゃないと思うね。

でも私は、そうして親の声を聞きたいと思うあなたが、その気持ちを親御さんが亡くなってからも抱き続けることの方が大事だと思うよ。女は自立とかしない方がいいよ。

僕は今、会社の業務部門でデスクワークをしていますが、本当はクリエイティブな仕事がしたいんです。今の仕事で認められれば道が開けると思い、懸命に働き

ましたが、今年も異動通知は無し……意欲が下がってます。転職した方が良いでしょうか。

（28歳・男・会社員）


会社の所属部署の問題か……。

私はこんな話を以前聞いたことがある。

その人は営業畑でずっとトップを歩んで、社長にまでなった人なんだが、

「私は営業は自分にむかないとずっと思っていました。もの作りの方がしたくてしかたなかった。会社が作った製品も、自分ならこう作るんだがと思っていた。でもそれが製品を売る時、その長所がここにあるとわかることにもなった。自分が出世をした最大の原因は、今与えられた職場に**不満はあってもベストを尽くせば、新しい道がひらける**と思ったからです。人間は何でもいいから、不満も夢も持った方がいいのかもしれません。私が今日あるのは不満に対する挑戦だったのかもしれません」

これが君への答えになるかどうかはわからないが、世の中は適材適所なんてことはあり得ないし、その中で踏ん張り、ベストを尽くすのがいいんじゃないかな。

転職したいのか？　すぐしなさい。

先日、孫のメールを見せてもらったら絵文字や略語がたくさん使われていて、ほとんど読めませんでした。あんな言葉遣いに慣れたら、将来、普通の文章が書けなくなるのではないでしょうか。老婆心ながら心配です。（68歳・女）

お祖母《ばあ》さん。そりゃ心配しますね。

しかし子供の眼、頭脳というものは、そんな絵文字だけで母国語を理解してるわけでは決してないんです。

むしろそういう絵文字が子供たちの言語の想像力を高めることになっているんです。

世界に今、六〇〇〇種以上の言語がありますが、日本語のレベルは世界でも有数で、ひらがな、漢字、カタカナの外来語、それに各地方の方言、同じ地方の中でも地域、暮らし振りの違い（山手言葉と下町言葉）がある。それをなんと子供は十歳近くでほぼマスターするんです。

これが本当の超スピードラーニングで、よくテレビで石川遼君が宣伝している方法じゃ、日本人の子供の学習形態の足元にもおよびません。

あれ？　変なこと言ったか？

お祖母さん、心配いりませんから。大切なのは**言葉をどう身体に入れ、どう話すか**で、それは、その人の生き方が決定しますから。

夫の部屋を掃除していたら、女性用下着やスカートが出て来ました。問い詰めると「実は女装癖がある」と告白されたのです。本人が隠れて勝手にやる分には目をつむりますが、子供への影響が心配です。やめさせる方法はないものでしょうか。

（29歳・女・会社員）

おう、待ってました。

ひさびさに来たね、いい話が！

ご主人の部屋から女性用の下着、スカートが出て来ましたか？　化粧品はどうなの？

いや、喜んでいて失礼！

奥さん、少女の頃に大人から聞きませんでしたか？

「世の中というのは広いし、奥が深い。思わぬことがあるもんだ」

でも奥さん。女装癖以外には変わったことはご主人にないんでしょう。それなら**目をつむってあげなさい**。人間って複雑な生きもので、少し複雑系に当たったと思えばいい。

子供への影響ですか？

もし子供たちにわかったとしても、子供は子供でそれを知って、彼等なりに考えて行けばいいんです。理想の家族なんてのはあり得ないし、理想が通るのなら、世間も人生も退屈なものですよ。

化粧も少しアドバイスしてあげたらどうですか？

人のこころなんか つかむんじゃねえよ

この春、僕の部署にも新入社員が入ってきました。初めて部下ができ心躍ったのもつかの間、これがとんでもないやつなんです。朝は平気で遅刻してくるし、機嫌が悪くなると部長にタメ口をきく始末。仕事はできるので言いづらいのですが、会社員たるもの社会のルールは守るべきではないでしょうか。

（25歳・男・会社員）

怒鳴りつけなさい。

廊下に立たせなさい。それでわからなければ、クビにしなさい。

ヤメてもらいなさい。

でもよく考えてみればわかるんだが、最初から完璧なのはいないんだがナ。

クビにしなさい、ヤメてもらえと言ったが、私のケースを振り返ってみると、初日から大遅刻はするわ、二日酔いで出勤して説教されている時にいきなり上司のデスクに吐いてしまうわで、そりゃもういつクビになってもおかしくない新入社員だった。その私を毎日、説教し、夜は酒場に連れて行ってくれた上司がいたから社会というものが少しずつわかったんだナ。どの上司も手を焼き、会社の中の部署をグルグル回された。それがまたいろんな仕事を覚える結果にもなった。ちいさな会社だったけど、今、思えば、厳しかった社長、上司たちも、私の将来を思って怒ったり、所属変えをしてくれたんだと思うよ。

人を**本気で怒ったり、諭《さと》す**ってのも、人生の勉強かもナ。

先生はカラオケを嗜《たしな》まれますか？　私はこれが大の苦手。歌手ならともかく、なんで素人の上手でもない歌を手を叩いて聴かなくてはならないのか……。仕事のつきあいで行かなければならず嫌になります。

（29歳・女・会社員）

私の場合、作詞の仕事をしてるから、素人の歌を聞く立場にはないから、ほとんど行くことはないナ。

カラオケの上手い奴って、変なのばかりでしょう。

二十年近く前、このさし絵を描いて下さってる長友さんと二人で、カラオケ百連発というのに挑戦していた時があって、一人で百曲歌ったら大願成就ってことで挑んだんだが、長友さんが五十曲くらい行ったところで喉《のど》から血を吐いて、中止になったことがあったナ。

つき合いでカラオケに行かなきゃならない仕事など、ヤメたらどうだ。

私はもう十年も今のカレとつきあっています。そろそろ籍を入れたいと思い、それなりにアプローチはしているのですが、いつものらくらとかわされてしまいます。先生にお聞きしますが、男はどんなときに結婚したいと思うものですか。

（30歳・女・アルバイト）

もう十年つき合っている彼氏がなかなかプロポーズしてくれないってか？

男はどんな時に結婚したいと思うのかって……、君、そういうの相談しない方がイイんじゃないか？

どうしてかって？

結婚は**イチゴ**みたいなもんだよ。

だから、たぶん、君とは違う、新鮮な実を見つけた時に、パッと口に入れるみたいに一緒になるんだよ。

じゃ君は何なんだってか？

まあ、何と言うか、ジャムみたいなもんじゃないの。

もう何年も彼女がいなく、毎晩行きつけのメイドバーに通いつめている僕。最近、バーにタイプの若い女の子が入店しました。ご飯にでも誘いたいのですが、客とメイドさんとのプライベート交際はご法度《はっと》。居心地の良い店なので、入店禁止に

はなりたくないのですが、後悔するより思い切って誘ったほうが良いのでしょうか。

(42歳・男・会社員)

その子を連れて逃げなさい。

三度目の東大受験に失敗し、三浪目に突入しました。何としても東大に入りたいのですが、親はもっと簡単な地元の大学を勧めてきます。経済的な事情もあり、これ以上の浪人は認められそうもありません。夢を諦めるしかないのでしょうか。

(20歳・男・浪人生)

君、はっきり言って間違ってるから。
いまどき、東大なんてものは世の中に出て何の役にも立ちゃしないから。
屁《へ》の突っ張りにもなりゃせんよ。
でも君が好運だったのは、二年浪人できたことだ。しかも二年も浪人して、たかが大学の受験の問題も解けないってことが自覚できたのがイイ。
受験問題を、わしも見たことがあるが、まったく**クダラナイ**の一言だ。
こんなアホみたいな試験をすり抜けて、東大に入り、役人になったり、企業の学校閥で出世したりした輩《やから》が、日本の中枢におるから、この国は、〝アジア一のアホ国家〟になったんだぜ。

大学時代の友人の結婚式でスピーチを頼まれました。元来アガリ症で、人前で話すことが苦手な僕に、人の心をつかむ話のコツがあれば教えてください。

（32歳・男・自営業）

人のこころなんかつかむんじゃねえよ。

結婚でも、会社でも、自分を規制するのは大人の男の基本だ

父親が先日、糖尿病の診断を受けました。すぐにでも糖分の摂取をやめないと危ない状況だそうです。しかし、昔から甘いものが大好きで、それが生き甲斐のような人ですので、健康に悪いとはいえ甘いものを取り上げてしまうのは忍びなく感じます。父にどういう態度をとるのが正解なのかがわからず困っています。

（28歳・女・会社員）

父上に一日でも長く生きてもらいたかったら、そりゃ甘やかしてはイカンよ。生き甲斐を他に見つけてもらえばいいだけでしょう。こころを鬼にして、制限を守ってもらうしかないだろうナ。以上で、他の方法はない。

ここでひとつ、まったく違う、或る父親と息子の話をしておこう。

スペインに住む、私の親友が、或る時、私に日本に帰らなきゃならなくなったと言ってきたんで、どうしたんだって訊くと、

「実は俺のオヤジのことで、オフクロがオヤジを説得してくれって言ってきた」

「何の説得だ？」

「オヤジが若い時の無茶がたたって、入退院をくり返してるんだが、食事の規制がかなり厳しくて、オフクロが、これは食べるナ、あれもダメと毎日言ってたら、とうとう怒り出して、そんなんならわしはもう何も喰わん、と言い出して、いっさい食事を口にしなくなったらしい」

「ほう、たいしたもんだな。そうやってどのくらいになるんだ」

「水だけで三週間経つらしい」

「大丈夫なのか？」

「だからオフクロが俺に帰国してオヤジを説得しろと言ってきた」

「無理に食べさせるつもりか？」

「いや、頑固一徹で通してきたから、少し話し合ってオヤジがそうしたいなら、

そうさせようと思ってる」

「俺も、それがいいと思う」

「おまえはそう言うと思った」

そうして三ヶ月後に親友のオヤジは見事に死んだ。

たいしたオヤジだったナ、と今でも二人でオヤジさんに乾杯する。

何が正しいかは、誰にもわからんよ。

人はいろいろだもの。


映画が大好きで、会社帰りに一本観るのが日々の楽しみです。しかし、毎日帰りの遅い僕に妻は怒り気味。「私か映画かどちらかを選べ」と迫られました。僕は妻も映画も愛しているのですが、なぜ理解してくれないのでしょうか。

(27歳・男・会社員)

そりゃ奥さんが怒るのは、当たり前だろう。

理解してくれたら、よほどの奥さんだろうナ。

独身ならまだしも、毎晩、映画を観るって、一日の時間は二十四時間しかないんだから、二時間映画を観るにしても、その映画館に行くまでの所要時間と合わせると三時間は費やすだろう。

君、それを二十四年間続けたら、君は三年間をずっと映画のために生きていることになるんだぜ。

三年間、休憩も、食事もなしで映画を見続けてるんだぜ。それは一家の主人として異常と思わんかね。

ひとつだけ、それを続けられる方法があるよ。

「何でしょうか？」

「すぐ奥さんに頭下げて、離婚しなさい。おまえも好きだが、映画と別れることはできないんだ、とね」

そうしたら毎晩、深夜映画館まで行けるよ。

結婚でも、会社でも、自分を規制し、規律をこしらえるのは大人の男の基本だからな。

私はほとんど映画を観ることはありません。その理由？興味のある映画がないからです。無理に面白がったり、哀しがったりするのはおかしいからね。たまに、これはと言うのがあると、ＤＶＤで見てから、名画座なんかの再上映には行くけどね。

映画はやはり銀幕で見ないと、その価値はわからないからね。ともかく別れる方がいいよ。

常に優等生として生きてきました。教師や親に叱られないように行動し、目立つことは回避してきました。でも、こんな自分が嫌になりました。もうけっこう歳も食っていますが、今からでも性格は直せるものでしょうか。そうして何から変えて行けばいいのか教えてください。

（39歳・女・フリーター）

それは性格を直すんじゃなくて、あなたの**生き方を変える**ってことだから、今からでも、簡単にできるよ。

それにしても優等生がつまらないと気付くのが、若い時代や学生時代じゃなかったのは残念だったな。

でも気付いただけでもエライ。

ずっと気が付かないバカが世間にはけっこうたくさんいるんだよ。

けっこうな歳だって君は言うが、まだ三十九歳じゃないか、これから愉しいことはたくさんあるよ。

まずは服装を変えてみるんだな。

これまで着ることのなかった色味、デザインを思い切って着て、外に出てみるんだな。

髪型も大胆にしなさい。

髪を染めてもいいだろう。

化粧も、一度、デパートでも大きな化粧品店でも美容部員、メイクアップアーチストの子に打ち明けて、ここまでやるかというのを試してみるのもいいだろう。

あとは何だろうね。

男の私にはわからんが、そうだ、女性向けのアダルト・ビデオを観るってのも
案外いいかもしれんよ。
それで変われるかって？
そりゃ君、観てから言いなさい。

君とは人間を見てきた量が違うから

同じ医療分野の研究者として、例の小保方さんと同類扱いされることが嫌です。真面目に研究をしても、女性だからと相手にされなかった研究者を多く目にしてきたので、彼女にはもっと真摯《しんし》に謝ってほしいです。

（30歳・女・研究者）

どんな世界でも、新しい発見、革新たるものを背負ってあらわれた人間は、それまでの世界の人たちとは少し様子が違うことはよくあることだ。

音楽の世界で二十世紀の革新と言ってよいビートルズがあらわれた時の、世間の反応を思い出してみればいい。

こんな髪型と服装で音楽を作り、歌うなんてのはもってのほか。こんな連中の作る音楽がいいものであるわけがない、と世間の九割の大人は口にしていた。支持をしていたのは若者だけで、その熱狂振りがまた世間の目には奇異に映った。それが新しいロックという素晴らしい世界の幕開けだった。

今回の割烹着《かっぽうぎ》を着てあらわれた娘さんの場合がそれにあてはまるのかどうか、わしにはまったくわからんが、登場してきた時の立居振る舞いを見ると、これまでの、彼女がいた世界で私たちが見かけてきたものとは違和感があったわな。その違和感がどこから来るものなのかは、わしもよくわからんが、世間の大勢の人がそれを感じたと思っとる。

あの耳が聞こえとったとか、そうでないとかいう作曲家と称した男の場合は、彼のＮＨＫのドキュメンタリー番組を見ていた家人に呼ばれて、その番組の中の男を一目見て、わしは家人に言った。

「目が悪いのか？　この男は」

「そうじゃなくて耳が聞こえないの。それでも素晴らしい作曲家なのよ」

「耳が聞こえん男がどうしてこんな暗い場所でしか動き回らんわけだ？」

「だから耳が～」

「いや、こいつは怪しい。さっきから大きな音に反応しとるぞ」

「あなたは本当に疑い深いというか、ヒドイ人ね。今度ＣＤ買って聞かせますから」

「ふぅ〜ん、わしの目にはパチモン（関西で言うニセモノ）にしか見えんがな……」

後日、家人が頭を下げに来たが、わしはその時言った。

「君とは人間を見て来た量が違うから」

この話がそのまま今回の娘さんとつながると言ってるのではない。ただ**違和感**があったということだ。

しかし、あとからあらわれた娘さんの指導にあたっていた男の方が、わしにはもっと違和感があったわな。

〝共著〟という言葉は、わしらの世界では共に著したとしか理解せんから。若い娘が叩かれとるんだから、共に責任を取ってやるのが、わしらの世間だがな。

わしの父親に言わせると、学者という輩はまったく世間の常識を知らんから、らしい。

ああところでお嬢さんの相談ね。

あの娘さんのことで、研究者の君が同類に扱われるって、そんなこと誰も思わんよ。

今回の騒動のわしの感想は、何やらよくわからん細胞を作り出すのに、その回数とか、果ては「**コツ**がある」って娘さんが口にしとったが、君ね、割烹着を着て、コツって言われても、刺身切ってるんじゃないんだから。

先生の競輪G1決勝の予想コラムを十年以上読んでいます。最近も、年末のグランプリ、そして今年のダービーと完全一点目ドンピシャで、私も儲けさせて頂きました。何故そんなに的中するのですか？ 先生は「人の予想で打ってる時点でギャンブルじゃない」と言われていたので、自分のしていることはギャンブルではないのかと考えてしまいます。

（44歳・男・会社員）

いきなり競輪の予想のことかよ。たしかに少し参考になる予想になってるかもしれんが、そりゃ**流れ**だよ。

人の予想で打っとるうちはギャンブルじゃない、とは言ったが、あの世界、当てた者、金をかっぱいだ者が勝者なのだから、どんな方法でも勝てばいいんだよ。ギャンブルは所詮、遊びだから。ギャンブルで蔵を建てた人間は、ギャンブルが誕生して（メソポタミア文明あたりかららしいぞ）から一人もいないんだから。正直言って、わしもなぜ、あんなに何十年間、何億もの金を儲け狂ってたのか、よくわからんのだよ。

ギャンブラーが恰好《かっこう》がイイとでも思ってたのかな……。そうだとしたら大タワケだったということだな。

そんなことよりも、わしが愛しとる競輪が今、大変な危機を迎えとる方が心配だな。

この五月から、大相撲で言えば白鵬以下、強い幕内力士のほとんどが土俵に上がれない状態になる。相撲だったら客はまったく来なくなる。それを競輪界はまったく無視して、その体制で興行をしようとしておる。それがなくとも売上げが全盛期の三分の一に減り、どんどん地方自治体が競輪を見捨てて、すでにいくつもの競輪場が失くなっているというのに、バカタレ共が意地を張って、自分達の生きる場所をぶちこわしにしようとしておる。

先日も他の雑誌のコラムで、競輪の監督をしておる経済産業省のモテギとかいう大臣にどうにかしてくれんか、と書いたが、無視しやがった。栃木五区、宇都宮競輪場へ通う競輪ファンよ、モテギの名前を忘れないよう。

大人げない？　そうですよ。わしはずっとガキですから。

ああ、それで君の、なぜ的中するかね。

ありゃ、ちょっとした**コツ**があるんです。

手に職をつけるなんて、そんなに簡単にできることじゃないの

昔から熱心に応援していたミュージシャンが覚醒剤所持で逮捕されショックを受けています。週刊誌に疑惑が出た時には使用を否定していたので、私はその言葉を信じていました。反動が大きく、裏切られたような気持ちが強いです。この気持ちをどうすれば良いのでしょうか。

（38歳・女・会社員）

あんたの気持ちをどうしたらいいのか、と訊かれてもな……。

何とも言いようがないわナ。

シャブ（覚醒剤）を打ってたのは、ただの男だからナ。それがたまたま有名人だったわけだからナ。

この質問って、チャゲ&飛鳥の飛鳥って男のことだろう。

当人が、世の中と人生をナメてたんと違うのかね。

私は彼等の音楽を一度も聞いてないし、彼等の良いところを知らんからね。

しかし熱狂的なファンからすると、信じられない、という思いもあるんだろうナ。

以前、週刊誌での（この週刊誌じゃなかったか）取材で、覚醒剤は使ってないと言っていた言葉を信じてたって、君ね、週刊誌の取材で、覚醒剤を打ってます、というバカがどこにおるんだね。よく考えなさい。**週刊誌の、それも週刊文春の話**を信じるあんたがおかしいんだよ。

まあ一から十まで、世の中をナメとったんだし、シャブやるんだったら、徹底的にやって、それがどうしたと開き直るくらいの根性がないと、本物とは言えんでしょう。

相手は芸能人ですぜ。

世の中の常識がわかるはずはないでしょうが。

世の中、手に職をもってなくてはと思い、簿記から危険物取扱者免状、フォークリフトや大型車の免許も取りました。ですが、いまだにアルバイトの身です。求人に問い合わせても、どこも経験者でなくては雇ってくれません。いざ資格を取ってもこれかと落ち込んで、毎日「死にたい、死にたい」と考えています。独身で結婚願望もなく、毎日しょげています。

(35歳・男・アルバイト)

君ね。簿記からフォークリフトの免許まで取って、何をやりたいの。簿記とフォークリフトってので、だいたいおかしいでしょう。訓練を受けて、試験に合格して、それで安易にもらえる免許自体がだいたいおかしいでしょう。

話半分にして、厳しい試験に合格したとしようよ。だけどそれは手に職をつけるってことと根本的に違うから。手に職をつけるなんてことはそんなに**簡単にできることじゃない**の。きちんとした親方の下で、職とは無関係なことまで叱られ、こんなのやってられないやってぼやきつつ、懸命に親方に言われたことを守って、こなして行って、その先でようやく自分が今、叱られつつやっている職業は何なのか、とぼんやりとわかりはじめて、初めてその職業の根っ子が見えるのが、手に職をつけるってことなの。

考えてみなさい。昨日までケーキ職人を目指していた男が、免許をもらったからって急にフォークリフトを運転しはじめたら、危なっかしくて道も歩けないでしょう。

毎日、死にたい、死にたい、と考えてるんなら、一度死ぬ気で自分のことをよく考えてみることだ。

独身で結婚願望もなく、毎日しょげています、って、おまえさん甘えるんじゃないよ。

生まれも育ちも湘南でしたが、今年に入り家族の仕事の都合で東京都港区に引っ越してきました。私以外の家族は「交通の便も良いし生活に張りが出る」と大喜びしていますが私はいまだにこの土地に馴染めません。むしろ嫌いです。全員が

とは言いませんが人が冷酷、何を気取って生きてるのかと思う事が多々あります。休みの日は地元に行き、ホッとしている日々です。まだ学生の身分なので一人だけ地元に帰る事は出来ませんが働くようになったら出来る限り早くここを出たいです。こんな私の考えは浅はかなのでしょうか。

（19歳・女・短大生）


湘南から、東京の真ん中の港区に引っ越して来たのかね。

それで、都会の真ん中に馴染めない？

そりゃ当たり前のことでしょう。

都会の真ん中が、暮らし良いと思うのは、根っからの地元の人以外は、ただの田舎者だけだから。

私に言わせれば、港区が良かったのは、四十年前までで、今は田舎者と成金だけが住んでいる場所だから。

一度、六本木のMビルってところへ行ったけど、あんな醜くて、センスのないビルは日本中探してもないと思うよ。

あんなビルで働いているってことをおかしいと思わない人間の方が異常だと思

うけどナ。

湘南がいいのなら、あんたもさっさとそこへ帰ればいいんだと思うよ。

まだ学生の身分だからって、学生って立場もさっさと整理して、まだ学びたいなら自分でアルバイトして学費出しゃ、それで済むんだから。

いずれにしても君の考えは間違っていないから。

人間には、それぞれ、そこで暮らすのが良かろうという場所があり、それは何が他に比べてイイとか、悪いとか説明できないものだから。

なぜなら人間が、ひとつの場所に安堵《あんど》を感じるのは、風であったり、光であったり、特有の静寂《せいじゃく》であったりするのだから、そんなものは**他人に説明なんかできやしない**んだから。ともかく港区とか、つまんない町からとっとと離れなさい。

人生が面白くて楽しいものと思ってるんじゃなかろうな

ずっと、あるアイドルを追いかけてきましたが、そんな彼女も結婚、年内の引退も噂されています。ショックで何をする気も起きません。人生を否定されたような気分です。

（32歳・男・会社員）

……。

小さいころから将棋一筋でプロを目指してきました。しかし、夢を諦め、働きださねばなりません。社会経験などまったくなく、どうやって生きていけばいいのか不安でたまりません。

（26歳・男・無職）

……。

ずっと土方をやっています。最近やはり歳なのでしょうか、朝になっても前日の疲れがとれないことが増えました。まだ子供も小さく、仕事を続けられるか心配です。

(35歳・男・土木作業員)

……。

どうしてみっつの質問に沈黙したのか……。実は**呆然**としたのである。

三人の質問に線が引いてあるだろう。

これがわしにはまったく理解できんのだよ。君たち頭おかしいんじゃないのか?

まずアイドルの追っかけ君、人生を否定されたようなって、君、まだ三十二歳だろう。三十二歳で人生の肯定も、否定もないだろうが。君はまだ半人前で、これまでの時間は人生と呼べるもんじゃないだろうよ。

次に将棋指し目指した君よ、将棋一筋って何だよ？　一筋って、日本語の使い方では少なくとも五十年は指してなきゃ使わないだろう。それに君、二十六歳だろう。何が、一筋じゃ。角ひとつ曲がったかどうかの程度だろうよ。二人とも大袈裟な話をするんじゃないよ。何ひとつまともにできてないのに限って何かをしてきたように言うから、わしからすれば呆れ果てるよ。

アイドルが結婚するのが、そんなに苦しいことなのか？　その感情はわしにはまったくわからんから答えようがないな。

そのオーバーな、君の人生の否定だが、若い内なら自分の信じてきたものを否定されるってのは悪いことじゃないぜ。

しかし否定というのは、そのアイドルが永遠に君だけのものと信じてたってことなのか？　じゃ離婚するまで待ってたらどうなんだ。そういうことじゃないって？

そうか……、じゃこんなくだらないこと、なんでわしが考えにゃならんの。勝手に否定されてろ。

次の棋士《きし》を目指してた君。

まったくたかが二十六歳で何が一筋じゃ。

将棋ばかり打ってたから社会経験がまったくないって？　君の年齢なら別に将棋打ってなくてもまともな社会経験持ってるのはいないの。社会というもんのとらえ方も間違っとるんだから、将棋のとらえ方も間違っとったのだろう。

どうやって生きていけばいいかって、**働きに出りゃいいんだよ**。何もできないって？　だから何度も言うように、君の年齢では**何もできないのが当たり前**で、人生とか一筋とか口にするのは、百年早いの。**ちまちま言ってないで街に出ろ**。街に出て、一日中人がどんなふうに働いているかをよく目の玉ひらいて見てりゃ、仕事ってものがわかるよ。

何？　その仕事の本当の良さが見えないって？

あのね。君は相手の将棋が読めなかったんだから、ない頭であれこれ考えないで、何でもいいから汗流して日給もらうことからはじめろ。

三番目の土方のアンチャン。

やはり歳なのでしょうかって、アンチャンまだ三十五歳だろう。

三十五歳が、やはり歳なのかなんて言ってたら、まともに働いてる土方のオヤジに叱られるぜ。それを言うなら六十歳を過ぎてからのことだろう。

朝、疲れてるって思ってても、顔を洗って背伸びのひとつもすりゃ、シャキッとするのが土方の身体と違うの？

変に年の話をしてたら、本当におかしくなるぜ。さもなくば、どこか身体が悪いんじゃないか。病院に一度行ったらどうなの。

そうだ、間違いない。アンチャン、あんた身体がどこか悪いんだよ。

自分はすごく飽きっぽいんです。一度着た服はもう着る気にならないし、オトコも長続きして半年。こんな性格本当にやめたいです。
（23歳・女・美容師）

執着心というか、粘りがないんだろう。

納豆とかメカブ食べたらどうだ？

しかし一度着た服をもう着る気がしないっていうのは、やはりおかしいのな。

二十三歳だろう。君も病院へ行け。

それにしても若いのに、いろいろ考え過ぎるのは世の中がおかしいのか、今の若いのが**頭でっかち**になり過ぎて、何をやるにも講釈たれるのがよくないのか。おかしいよな。

土方のアンチャン以外は皆、まともな汗を掻いてないんだろう。**まさか人生とか、仕事とかが面白くて楽しいものと思ってるんじゃなかろうな。**

プロスポーツ選手のアホ、バカ言葉に、試合を、競技を楽しみたい、というのがあるが、楽しんで金もらうのは仕事じゃねぇだろうが。

苦言だけが、その人の身体、こころに伝わり、長く身につく

ゴールデンウィークに息子夫婦が帰省してきましたが、呆れたことに嫁がまったく手伝いをしようとしないのです。私が若かったころは義母に気に入られようと率先して皿を洗ったり、掃除をしたりしたものでした。こんなのは田舎の古い考え方なのでしょうか。（57歳・女・主婦）

義母さん、あなたの考え方は少しも間違っていません。

世の中の生き方、物事に対する考え方に、古いも、新しいもありませんし、ましてや田舎も、都会もあるはずがありません。

むしろ田舎、地方に住む人の方がまともなことが多いのは、昔からの常識ですし、何を考えるにしても、手早く、簡潔に、世間ばかりを気にして考えるのが都

会の人たちの傾向です。昔の書物を読んでも、都会人のあくせくした生き方、考え方に、人間の肝心を忘れているとよく書いてあります。

田舎、地方の人たちの方がひとつのことをじっくり考えられる環境にあるのです。その上、周囲に必ず年寄りがいますから、わからないことも親切、丁寧に教えてくれます。

都会人は表面、体面、体裁のことばかりを気にして、物事の本質を見ることができません。本当に困った連中が多いのです。

次に、古い考え、新しい考え、などという区分は、コペルニクスの地動説、ガリレオの、それでも地球は回ってると言った大発見くらいの時しかないものなんです。

あとはだいたい昔からある物事に対する考えの方がほとんど正しいものなんです。

さて義母さん、その息子の嫁にあなたはちゃんと言いましたか？

息子の家に来たら、その家のやり方を学んで欲しいと。何も自慢するようなことを教えようとしてるわけじゃないのはわかってますし、夫の実家にやってくるのにエプロンひとつ持ってこないようでは、子供を産んでから、子供の教育ができません。そうでしょう。

嫌われたくないという気持ちもあるでしょうが、**苦言だけが、その人の身体、こころに伝わり、長く身につく**のは事実ですから。

義母と嫁は、同じことをくり返すのが世の中というもんです。

次は断じて言うべきです。

タクシードライバーをやっています。先日、テレビでよく見る若い芸能人を乗せたのですが、態度が横暴で腹が立ちました。道を間違えた私のシートを後ろから蹴るわ、暴言を吐くわ……。客商売とはいえ、ひと回りくらい下の人間から、そのような扱いを受けるのは釈然としないものがあります。

（48歳・男・タクシー運転手）

前問の息子の嫁に対する義母さんと共通することですが、若い人は**具体的に口**

に出して注意してやらなくてはダメです。

彼等は本当に何も知らないんですから。ましてや運転手さんの場合は相手が若い芸能人でしょうが。そりゃほとんど人間じゃないもの。ハグレ猿みたいなもんでしょう。

芸能人という言葉がよくわからないが、芸がないから芸ノー人って聞いてます。まあ芸人としようか。芸人というのは社会常識がない連中と考えなきゃ。昔は家に芸人が遊びに来るというと、金目の物は隠したってくらいです。ああいう輩は放っときゃいいんです。いずれにしても末路は悲惨なんだから、そう思えば腹も立たないでしょう。

でも相手が若いならガッツンと言ってやった方がいいと思いますがね。

同期の男が疎《うと》ましく困っています。もともとはよく二人で酒など飲んでいたのですが、そいつがうちのすぐ裏に引っ越してきたあたりから、馴れ馴れしいと思うようになりました。連日「酒を飲もう」とドアを叩いてきてもうウンザリ。それ

■となく距離をとる方法はないでしょうか。
（27歳・男・会社員）


このところの質問にすべて通じることなのだが、きちんと相手に自分の考えが伝わるように言ってやらなくてはダメだ。

相手も、君も、つき合いということを考え間違いしている。

社会に出て人と人がつき合う上で一番大事なのは〝**分**《ぶん》**をわきまえる**〟ということだ。

「すみません。分って何ですか？」

「……、またにしよう」

「ちょ、ちょっと、本当に知らないんです」

「君、日本人かね？」

「一応、すみません」

「そこは謝るところじゃないだろう」

分とは、その人がどれほどの人間かということだ。どの程度の人間かでもいい。

だから分の違う目上の人とつき合う時はよほど気を付けて、口をきき、態度も慎しみ深くするのが基本なんだ。同時に、分をわきまえていなければ、目上の人、周囲の人が、おまえ分をわきまえろ！　と叱るのがこれまで世の中の定番だった。

君たちの場合、分は同等だろうから、話は少し違ってくる。もし相手が友情と考えて君に気安くしてきているなら、友情というものをはき違えている。友という存在は大人の男（女でもいいが）にとって人生の大切な存在だ。**友情とはもっと緊張感のあるものだ**。馴れ馴れしくしたり、ましてや親友などと口に出す、そんな安いものとは違うんだ。

言ってやりなさい。

「君とはまだそんな馴れ馴れしい間柄でもないし、少し距離を置けないか」

とね。それで怒ったら？

そこまでの相手だったということさ。

手を差しのべている人にしか
リンゴやブドウは降りてこない

お客さんを悦ばせて金を得る
それが商いの基本だ

部屋が片づけられません。世間では「断捨離《だんしゃり》」がブームですが、私の部屋はものであふれかえっていて、しかもどれもこれも愛着が湧いてしまい捨てることができません。今度、カレが初めて遊びに来るのですが、こんな部屋に通すわけにはいかないし……。思い切ってモノを捨てたいのですが何かいい方法はありませんか。

（25歳・女・会社員）

「断捨離」って何だよ？　そんなブーム知らんよ。ものを買ってきたのはあんたでしょうが、愛着があるのもあんただし。彼氏を部屋に入れられないって、若い女が彼氏を部屋に入れて何をしようとしてんの？　彼氏にも愛着があるんだろうから、そのガラクタと一緒に部屋に並べときゃいいだろうよ。

さきに片付けなきゃなんないのは、あんたのその**甘えだ。**

先日、以前つきあっていた女性と久しぶりに会いました。お互いすでに結婚して子供もいるので、恋愛感情などはないのですが、彼女がすごく変わっていてショックを受けました。露出の多い服を着て、言葉づかいも品がなくて……。聞くと旦那は元ヤンキーで相当ガラの悪い男のようです。昔の清楚《せいそ》な彼女を知っているせいか、とても複雑な気持ちです。どうにかしてあげられないかと考えてしまいます。

（29歳・男・会社員）

人を外見、服装で判断する君の方がおかしいの。

それを、その人の旦那が元ヤンキーで、相当ガラが悪いって？　逢ってもいないのに、そういうふうに判断するのも、君がおかしいの。

昔の彼女と変わった？

人は誰でも皆変わるの。そんなふうに人を見てるのは君が昔のままで成長してないの。

男と女のことなんてのは、その二人にしかわからないことが山ほどあって、ましてや夫婦のことをいろいろ思いあぐねるのは愚行なの。四六時中、殴り合いしてる夫婦の方が、毎年、ベストカップルだか、ベスト夫婦賞なんてのに平気で手をつないで登場するバカタレント夫婦より、よほどお互いの想いや、生き方はちゃんとしていることは間違いないの。

それに、これは肝心なことだから言っとくけど、**人を救ったり、人を変えたりは他人にはできない**の。

第一、昔の女と逢うんじゃないの。その行為、相当みっともない行為だぜ。町ですれ違っても声をかけないのが男の礼儀だろうよ。

そんなことより自分の家庭の心配した方がいいんじゃないか。

梅雨になるのが憂鬱です。私はすごいクセ毛で、この時期は髪がうねって抑えが利きません。禁止されているので、ストレートパーマをかけることもできないん

です。嫌で嫌で学校に行きたくありません。（17歳・女・高校生）

悪いんだけど、若い女の子の髪を、梅雨時、どうしたらいいかって、君ね、私はカリスマ美容師じゃないんだよ。そんなことわかるわけないだろう。君、どこに葉書を出してるの？

夫が生前、腰痛がひどく、よくマッサージをしていました。特に「睾丸《こうがん》マッサージ」をすると、一気に腰が楽になるというので、よくやってあげたものです。調べてみるとタイの古式マッサージで睾丸を揉むというものがあるらしいですね。思い切ってタイに修業に行こうか、でもこの歳で殿方のモノを触るのも抵抗があって悩んでおります。先生は本当に効果があると思いますか？（65歳・女）

最近の相談者、バカばっかりで嫌になってた時だったから、六十五歳のオカアサン！

私は救われたよ。

あんたはエライ！

日本人女性の鑑《かがみ》だ。

ヤマトナデシコというか、ヤマトナデナデシコですよ。いやコウガンナデシコか？

亡くなったご主人もオカアサンと暮らしてさぞしあわせだったと思うよ。わざわざタイの古式マッサージを文献か何かで調べたの。オカアサンはやさしい上に勉強熱心なんだね。ひとつ道が違えば、日本のキュリー夫人になってたんじゃないの。

それでこれからは他の殿方の腰や疲労を恢復《かいふく》させてあげたい。

いや立派だ。ヨオッ、大統領。

オカアサンだから内緒で教えてあげるけど、今、風俗業では熟女というが（六十五歳を熟女と呼ぶのかどうかは知らんが）ともかくその熟女がとても人気があるんだよ。

どうだろうか、私の友人に何人か風俗の関係者がいるから、その店に入るんじゃなくて、オカアサンの指導の下で、〝夫をしあわせにした良妻睾丸マッサージセミナー〟を開催してみてはどうかね。

お客さんに悦《よろこ》んでもらって金を得る、というのは商《あきな》いの基本だから。

今、世界の経済の半分近くは、金が金を生む、という何ひとつものをこしらえたり、汗を流してない、金融関係者（銀行家、投資家、株屋）がもてあそぶようにに大衆の金を吸い上げるかたちになっとるからね。ヨーロッパの経済危機も、各国の国債の価格の乱れも、あのリーマンショックもそれが原因だ。この連中を監獄にぶち込まなきゃいかんのだよ。

その点、オカアサンはエライ。

殿方の睾丸を癒《いや》して、世の中を楽しくするんだからね。それで生活もできればいいんじゃないの。

待てよ。

これも金が金を生むのか。

やはりやめときなさい。

人それぞれに読み方がある あって当然なのが読書だ

本を読むスピードが遅いのがコンプレックスです。幼いころからちゃんと本を読んでこなかったからでしょうか、友達なんかが一日もあれば読み終わる本も、私が読むと一週間はかかってしまいます。読む時間がないのではなく、読書をしても集中力が続かないのです。このまま普通に人生を生きたとして、他のひとの何分の一の量の本しか自分は読めないのだと思うと、暗い気持ちになってしまいます。何か良い速読法があれば教えてください

（24歳・女・会社員）

君は読書というものをどこかで誤解している。

本を読む速度が、早い、遅いなんてのは読書とはまるっきり無関係だし、本によっては一年、三年と読み終えるのに時間を費やすものがたくさんある。

君の友人が一日で読み終える本を、君が一週間かかるのは何も問題があることじゃないよ。人それぞれ読み方がある。あって当然なのが読書というものだ。

まず最初に断わっておくが、本を読む行為は私も職業柄、何かを学ぶことができるとすすめるが、すべての人がこの世に生まれて読書をしなくてはならないということはまったくない。

生涯に渡って一冊の本も読まなくとも、素晴らしい人生、生き方をした人は大勢いるし、むしろそういう人の方が読書家よりも、まっとうな生き方、賞讃される人生、仕事をしている例が多い。

それはなぜか？

本ばかりを読んで頭デッカチになり、本を読んだことで何かがわかったと誤解してしまうことが多々あるからだ。

人生も、恋愛も、本に書かれてあることより、まず実践で身に付けたものの方がたしかで、応用がきくものだ。

一冊の本が、人の人生を変えるなんてことはめったにあるもんじゃない。

それでも私が若い人に読書をすすめるのは現代社会において若い人が経験でき

るものが昔と違って限られているからだ。大学生の時から就職活動とか、社会人になれば結婚活動とかつまらないことに時間を取られるし、ヒドイのになると一日五時間も携帯やパソコンでゲームをしているというキリギリスもいる。視野を広げる一番大事な時に日本人の若者はくだらないことに人生の貴重な時間と体力を持っていかれていたりする。やわらかな思考、降ってきた雨をたちまち吸い込む砂のような脳の時に本を読むことは、若くて、人生の羅針盤を持たない人に大きな示唆《しさ》、道標を見せてくれることがある。

たとえ読んですぐに何かがなくとも読書は**あとで何かがわかる**特性を持っている。

いやむしろ、すぐに役に立つ本はすぐに役に立たなくなると思った方がいい。世の中でベストセラーと呼ばれているものは半分以上が、そういう類《たぐ》いのものだ。

〝すぐに役に立つ本はすぐに役に立たなくなる〟というのは今の天皇の師父（まあ家庭教師だな）だった小泉信三が、その著『読書論』の中で述べていたものだ。大学の学長だった時にそこに工学部をあらたに創設するので各企業のトップに寄附を募った。すると連中は「ともかくすぐに実践で役立つ工学の人間を育成して欲しい」と或る教授に申し出た。その教授が「すぐに役に立つ人間はすぐに役に立たなくなります。そんな人間の教育はできません。五十年後、百年後の日本の工学に役立つ人間を育てるのが目的です」と言った。それを聞いて小泉は、そのまま読書にも置き換えられるとして一文を書いたんだ。

日本の映画監督の巨匠、黒澤明も、私は生涯一冊の本を読み続けてきた、それはトルストイの『戦争と平和』だ、と言っていた。

だから何冊も本を読むより、一冊の良書を読むことの方が大事だ。

良書はどうやって選ぶかって？

バカモン。その本に出逢うために読書を続けるんだろう。手っ取り早く選んだ道は、手っ取り早く崩れるって言ってんだろう。

ちなみに私にも五年、十年と読んでいる何冊かの本があり、それが果して死ぬまでに読み終えられるのか、と思うし、**人生と一緒でわからぬことだらけで死んでしまうのが私たちだ。それでいいんじゃないか。**

偉い坊さんや、神父、教会の説教師の顔を見てみなさい。**わかったようなこと**

を言ってる輩は何もわかってないんだから。

会社ですごく大きなミスをやらかしてしまいました。僕がマメに連絡するのを怠っていたせいで、重要な取引先を激怒させてしまったのです。途中までうまくいっていた商談もパーになり、上司にはこっぴどく怒られたうえ、周囲からは「出来の悪い奴」とレッテルを貼られ、蔑《さげす》まれている状態です。このままでは僕のサラリーマン生活はお先真っ暗。どうすればみなの信頼を回復できるのでしょうか。

（28歳・男・会社員）

何も心配することはない。
先輩たちも皆失敗して、今にいたっているのだから。
若い人の一回の失敗で、その人を判断するほど日本のサラリーマン社会の構造はヤワにはできてないから。
クヨクヨせず、**忘れてやり直せ。**

金で済むんなら それで済ませなさい

ある女性と結婚を前提に二年くらいつきあっています。今年に入って私が鬱気味になり、会社も辞めてしまったことをヒステリックに責め立てられ、もう嫌になって婚約の解消を求めました。しかし、彼女は約束が違うと二百万円の賠償金を求めてきたのです。職も金もない今の状況で到底支払えるものではありません。どうすれば彼女に納得してもらえるのでしょうか。

（39歳・男・無職）

どうしたら納得してもらえるかって、そりゃ君にも問題があったんだから、彼女が望むようにしてやりなさい。

男女のことが金で済むんなら、どこからかでも借りてきて、それで済ませなさい。

君ね、この手のことは、金でも解決できない方が多いんだから。

二百万円が揃わないって？

じゃ親に借りに行けばいいだろうよ。金を揃えるってことは、恥をかいたり、頭を下げたりしなきゃ、手に入るわけないんだから。

金の用立ての、最後のひとつ前が親なんだから、親に頭を下げに行くんだな。

それがダメならどうしたらいいかって？

昔なら、遠洋の漁船とかで半年、一年、海へ出て皿洗いから掃除、洗濯すれば、そのくらいの金は揃った。現代でも、それと同じ類の仕事は探せば必ずあるよ。

危険？　一年を棒に振るって？

何年もつき合ってきたんだろう。一年くらい何だよ！

ともかく君も**何かを犠牲にしなきゃならん**のは男女問題における大人の男の常識だろう。

■聞き流すだけで英語が喋《しゃべ》れるようになるという教材を購入し、もう一年くらい毎

日かかさず聞いていますが、一向に効果が表れません。広告では、半年くらいで英語をしゃべれるようになった体験談がたくさん書いてあるので、個人差なのかとは思いますが……。継続は力なりとは言いますが、このまま使い続けて良いものか迷いが生じています。

（33歳・女・主婦）

あのね、聞き流すだけで英語がペラペラ喋れるなんてことが常識としてあるわけないだろうが。

君、戦後の日本で、すぐ英語が話せるって内容の本がいったい何千万部売れたと思ってるの。それを買ったけど、結局、話せなかった日本人が何千万人いると思うの。

君も、その教材を買ったんだったらわかるだろう。

聞き流すだけじゃダメだってちゃんと書いてあるだろう。

語学を修得するのに一番必要なのは、その言語を生活の中で一番長く使って、なおかつ文法、つまりその言語を構成する基本を身体に入れなきゃ、いくら慣用句とか、応答のやり方を覚えたって、それはね、日本の鮨屋でずっとアルバイト

していた外国人が母国に戻って、人が家に入ってくる度に、

「毎度、いらっしゃい」

と口にしてしまうのと同じなの。

言語で大切なのは、その言語が持つ情緒で、それを理解し、身体に入れなきゃダメなの。

君はインコやオームじゃないんだから、耳にしたことをすぐ口にしたって、何の役にも立ちゃしないって。

それに言葉を修得するってことは、昔から言うように、読み書きを身につけるってことだから、読んで書くってことを同時に学ばなきゃしょうがないの。外国語の読み書きができなくて喋るだけできるって、それ異常というより、滑稽《こっけい》なことだから。

それに聞くだけでペラペラ喋れるようになるんなら、そういう広告に出ているタレントやら若いスポーツ選手が、むこうでのインタビューでペラペラ喋ってるから。そんなシーン見たことないだろう?

その言語を機会がある度《たび》に聞くってことはムダにはならないが、言葉をマスタ

ーする一番大事なことではないから。

母親がオレオレ詐欺にひっかかって数十万円奪われました。電話口で私のふりをした男に「借金の返済のためにお金を貸してほしい」と言われ、素直に振り込んでしまったそうですが、ショックだったのは私が借金をするような人間だと母に思われていたことです。お金には堅実に生きてきたつもりなので、私のことをきちんと理解していてくれたら被害に遭うこともなかったのに。それ以来、母への不信感が消えずにいます。

(29歳・男・公務員)

君の考えは間違ってる。

親というものは、子供のためには何でもする人たちなの。

それに自分のことを理解してくれていると思っていたというけど、それも君の誤解じゃないの。

君の言い方聞いてると、君が真面目で親にお金の迷惑をこれまでかけてこなかったと聞こえるぜ。本当かよ。信じられんな。そんなまともな人間って。じゃ仮に君がそういうイイ子で生きてきたとしよう。

それでも親は払ったと思うよ。

なぜかって？　私の息子が、あんなにまともなわけはないって、ずっと親が疑ってたケースだってあるじゃないか。

それが実は借金があったと相手から聞いて、やっぱりと思って、半分安心して金を払ったかもしれんぜ。

こんなことで親を責めてはいかんよ。そこまで自分に親身になってくれるんだとむしろ有難いと思わなきゃ。

最後に言っとくけど、**世の中で起きていることは必ず自分にも起こる**ってことを覚悟して人は生きてなくちゃいかんよ。

新聞の三面記事は明日の自分。これも常識だから！

人は思わぬところに宝を持って生まれてくる生きものだ

サッカーのワールドカップに何の興味も持てずにいます。オリンピック中継にだって違和感を覚えるのに、サッカーという数ある球技の中のひとつの大会に、これほど皆が熱狂するのはおかしいというか、不思議なことのように感じます。みな、疑問は持たないのでしょうか？

（42歳・男・会社員）

わしも、サッカー、オリンピックというもんが、なぜあんなに騒ぎになるのか、正直よくわからんのだ。

しかし応援したり、騒いだりしとるだけなんだから、別にかまわんのじゃないのか。楽しそうじゃないか。

君も四十二歳と言えば、ちゃんとした大人なんだから、周りの動きにいちいち反応するようじゃ、アカンよ。もっとドーンと構えて、平然とできる自分も持っておかんと……。

それに、サッカーという数ある球技の中のひとつの大会に、これほど皆が熱狂するのがおかしいと言うが、じゃ聞くが、数ある球技の中のひとつである、ゲートボールの大会に皆が熱狂すると思うかね？　せんでしょうよ。サッカーだから熱狂しとるのに決ってるでしょう。

そんなことに疑問を持つのは、はっきり言って、君だけだから。

わしが思うに、大切なことは、サッカーにしてもオリンピックにしても、君が興味がないのなら、皆がどれだけ騒ごうが、**放って置く**ことだ。

いちいちこまかいことに反応しているようじゃ、一人前の大人の男にはなれんぞ。

それに今のサッカー選手イイ感じだけどな。

━ 車椅子使用者の方と交際をしていたのですが、親が彼に「うちの娘のためにも別

れて欲しい」と勝手に言いに行っていた事が判明しました。その日以来彼は「別れたほうがいいね」などと否定的な発言をするようになってしまいました。今では、親に嫌悪感を抱いていますが、親の意見に逆らい家出をするような決心もつきません。二人の関係をどうするべきなのか、わからずにいます。

(22歳・女・大学院生)

お嬢さん、交際相手が車椅子が必要な男性で、あなたは結婚まで考えていたんだろう。

それをあなたが知らない内に、ご両親が相手の男性に、娘のために別れて欲しい、と言ってしまったわけか。

それで相手が、自分たちは別れた方がいい、と言い出したってことか。

相手の男性がそう言い出した気持ちはわからんでもない。

君への好意が、君にこの先負担をかけたくない、というかたちに変わるのもわかる。

相手は自分の置かれている立場と、君の将来に対して心配しているんだろう。

いい男じゃないか。

今、大切なのは、君の気持ちと相手の男性の気持ちが、正直にどういう希望を抱いているかをたしかめることだろうな。

君のご両親が、君の将来に不安を感じたように、君自身が一抹《いちまつ》の不安を抱いているのなら、その気持ちを相手に伝えるのが一番良いだろうな。同時に相手の本当の気持ちもたしかめるべきだな。

純粋な愛情だけで生きて行けるほど、世の中は甘くないのが現実だ。そのことを承知した上で、お互いが話し合うべきだろう。

親の意見に逆らい家出をする決心もつかないって、いずれ親は去って行く存在であることもよく理解しておかないと。

それでも、子供のことを何より先に考えているのが親であり、君を大切にしてくれていることは、よくよく胸の内に刻んでおくことだ。

■初めて訪れた彼女の部屋が汚くてガッカリしました。風呂トイレなど水回りの掃

除は週一でしているようですが、リビングには物が散乱し、掃除機をかけるのは月一回程度だそうです。僕は毎日でも掃除機をかけて清潔を保ちたいですし、部屋は整頓されていないと気が済みません。結婚も考えていたのですが一気に気持ちが冷めていきました。部屋ごときでとも思いますが、先生は僕の気持ちわかって下さいますか？

（22歳・男・大学生）

交際相手の部屋が少し汚いくらいで失望するのなら、今すぐ別れた方がいいだろうね。

部屋を片付けたり、綺麗にすることは一年教えこめば容易にマスターできることだし、一度それが身につけば、その先の日々、その人は部屋の整理整頓ができるようになる。

そんなことはたいした問題じゃないだろうよ。

むしろわしが心配しとるのは、大の大人の男が〝風呂トイレなど水回りは週に一度しているようで〟とか〝掃除機をかけるのは月に一回くらいだ〟とか〝僕は毎日でも掃除機をかけて清潔を保ちたい〟という、君のことこまかい性格だ。

さっきも言ったように、掃除や身の回りを綺麗にできることは、はじめのうちに教えこめばそれだけで一生分の仕事の体得になるから。

そんなことで結婚も考えていた相手に対する気持ちが冷めたなんてのは、もしかすると君は**彼女の本当の魅力**にこれまで気付いていなかったのかもしれんぜ。

今はまだきちんと掃除はできない彼女だが、そんなことよりももっと素敵なところがあるんだ、と君が思わなければ、どうしようもないだろう。

彼女の良い面をさらに伸ばしてやり、掃除の必要性がわかるまで交際するのが得策だと思うね。人は思わぬところに宝を持って生まれてくる生きものだから。

物事を怖がる性分は決して悪い性分ではない

定時の六時を過ぎると、まだ仕事中にもかかわらず、上司が缶ビールを飲み出します。アルコールを飲めない私にはよくわからないのですが、お酒を飲んでも仕事はできるものなのでしょうか。たとえできるとしても、会社という場ではなるべく慎んでもらいたいのですが……。周りからは頭が固いと言われますが、こういう考え方はおかしいですか？

（27歳・女・ＯＬ）

君が勤めている職場が、どんな会社、職種かはわからないので正確には答えられないが、基本としては職場は酒を飲む場所ではないから、君の考えは正しいし、君の頭が固いという周囲の方がおかしい。

酒を飲んで仕事ができるかって？

それは**できん**でしょう。

仕事というものは、酒を飲んでできるものじゃない。

仕事というものはきちんとした大人が砕身（身を砕くほど苦労すること）していても失敗をするものだから、一杯飲んで気持ちが大きくなったり、一杯飲んで勢いつけてやるものとは根本的に違うものだからね。

酒を飲んだから、頭の回転が良くなるって人とか、スッキリする人というのは、それは病人だから。社長なり、庶務課に連絡して、すぐに入院させなさい。

但《ただ》しだ。君が勤める会社が、つい昨日まで家内工業というか、ちいさな家でやってきたような、皆が遅くまで残業をするのが当たり前の職場で、深夜、ようやく仕事がひと段落して、男たちだけで冷蔵庫から缶ビールとツマミを出して乾杯をする酒に関しては、病気の領域に入らないと私は思う。

私の酒に対する考えは、女・子供がいる場所では飲まない。

芸者、ホステスはどうなるんだって？

彼女たちは玄人《くろうと》ですぜ。

定年後、念願のバイクを購入。時間もたっぷりあるので、毎日いろいろな場所をツーリングしています。しかし、先日、妻と娘に「心配だからバイクに乗るのはやめてくれ」と泣いて懇願され驚きました。絶対に安全とは言い切れませんが、無茶な運転はしていないつもりだし、せっかくの趣味をやめるのも納得がいきません。板挟みで大変困っております。（68歳・男）

心配症につける薬はありません。

だからあなたがバイクに乗りたかったら、簡単なのは奥さんと娘さんに、バイクは乗らない、と嘘をついて、乗るしかないよ。でもそれもいずれバレるナ。

それでもどうしてもバイクに乗りたいなら、奥さんと娘さんと離縁しなさい。

そこまでして乗ることもない？

じゃ相談しなさんな。

以前にも話したけど、世間で日々起こっていること、新聞の三面記事に載っていることは、あなたに明日起こっても何の不思議もないことだから。

バイクに乗れば、乗らない人より事故に遭遇する確率も、可能性も多いのは当たり前のこと。それを覚悟して乗ることだ。

バイクに乗って、風を切り、風景が左右に流れていく感覚は素晴らしいし、おそらく他に同等の快感は味わえないだろう。

快感、快楽には必ず負の要素がともなうのは、これ世の中の常識だから。

うちの子どもはもう十六歳にもなるのに、夜一人で寝ることができないんです。聞いてみると、暗闇が怖いのだとか。もうずっと私たち夫婦の寝室で三人一緒になって寝ています。高校生にもなって親と寝ているなんて、さすがに恥ずかしいです。こんなことで立派な大人に育ってくれるのか心配になってしまいます。育て方を間違ったのでしょうか?

(46歳・女・主婦)

十六歳になって、暗闇が怖くて、あなたたち両親というか、夫婦の寝室でいまだに一緒に休んでいる息子さんか。

それが何か問題あるのかね？

あなたたち夫婦の営みに支障を来《きた》しているのなら別だが、そのまま寝かしとけばいいんじゃないかね。

そのうち一人で寝るようになるって。

物事を怖がる性分は決して悪い性分じゃないから。むしろ何も怖がらない性格の方が危ないから。

いい歳した大人の男でも、内実は一人で寝るのが怖いって男はいくらでもいるよ。

育て方を間違ったたって？

そこまで考えるほどのことじゃありませんよ。心配しすぎだよ。

それにしても怖がりの息子と心配症の母親が同じ部屋で寝てるってのも滑稽ではありますナ。

ついにレバ刺しが食べられなくなってしまいました。どこぞの店の不手際のせいでまったくいい迷惑です。あの濃厚な味わいがもうお店では口にすることができないなんてひどい仕打ちです。食中毒とか、そりゃ危険性はあるんでしょうが、自己責任でいいので食べたい。何でもかんでも規制すればいいと考えている国に腹が立ちます。（40歳・男・会社員）

レバ刺しなんぞのことでいちいち相談してくんじゃないよ。
そんなに食べたいんなら肉屋でレバーを買ってきて、自分でかぶりつきゃいいだろう。
それで食中毒になったらって？
そんなことワシの知ったこっちゃないよ。
死んだらどうしてくれるんだって？
死んでくれよ。

この〝悩むが花〟をいったい何の参考にしてるってんだ？

私が極度の人見知りというのもあるのですが、人の目を見て話をするのが苦手です。それがたとえ親しい人であろうとも、数秒間目を合わせるだけで、こっちの考えていることをすべて見透かされてしまうような気がして、目をそらしてしまいます。克服する方法はありませんでしょうか？

（21歳・女・大学生）

私も子供の時に、親から、

「人の話を聞く時は、その人の目を見て聞きなさい」

とよく言われたものだ。

ところが、あなたと同じで、私も人の目をじっと見るということができなかった。

あなたと違う所は、こっちの胸の内を見透かされてしまうのでは、という心配ではなく、じっと相手の目や顔を見ているうちに、

――面白い鼻をしてるナ、とか、

――どうしてこんなに眉毛が動くんだろう、とか、

果ては、

――何をこんなに一生懸命話してるんだろう、

とぜんぜん話の内容を聞いてない自分に気付いて、相手の顔をなるたけ見ないことにしたんだ。

けど、うつむいて話を聞いていたわけじゃない。

これは母親が教えてくれたんだが、

「じゃ、目と目の間とか、額とかを見て、うなずいたりしたら」

それを今でも実行してるんだが、時折、相手から言われることがあるんだ。

「あの、私のおでこに何かついてますか?」

「いや何も。実は相手の目をじっと見てるとおかしなことを考える癖があってね、すみませんね」

あとは大人になって、相手の目を見て、力を込めて聞いてたら（なんで力を込めてたのかはわからんが）、「すみません。目が怖いんですけど」と言われて、それで余計に目を見なくなったこともあるんだナ。

私は、別に相手の目をずっと見ることはないと思うよ。

相手の話の肝心な時に、目を見てうなずけば、それでいいんじゃないか。

話す時も同じで、話の肝心な折に、相手を見るようにすればいいと思うよ。

最後に、**人見知りは悪いことじゃない**からね。この頃、人見知りしないのが多過ぎて、気安く話しかけるんじゃないって、よく思うもの。もう少しシャイになれんのかって、ね。


最近付き合い始めた彼女が喧嘩っ早くて困っています。納得いかない事があると、相手が大の男であろうが、街中で言い争いをし、しまいには手が出そうにもなり僕が慌てて止めています。反面、老人や弱い立場の人には優しい一面もあります

が……。女性にはやはりいつでも穏やかであってほしいのです。「正義」は表にひたすら出すものではないと思いますが先生はどう思われますか。

（23歳・男・サービス業）


二十三歳の若者よ。

君はなかなかだね。

「正義」はいつも表に出すもんじゃないってところが気に入った。

私に言わせりゃ、「正義」なんてもんが本当にあるのかよ、ってもんだから。

これまで生きて来て、あれが「正義」か、と思ったものに遭遇したのは、数えるほどしかないし、あとで考えると、ありゃほんとに「正義」だったのかな？と思うものも多いしね。

〝これからの正義の話をしよう〟なんてのテレビでやってたが、何を言ってるんだ、このバカタレが、と思ったものナ。

「正義」ってのは、私たちの〝生き死に〟のそばで、じっとしていやがるものだと思うぜ。「正義」って旗を見たことはないし、ましてや**振りかざすもんじゃな**

いだろう。

ところで喧嘩早い彼女のことだが、それはよくよく説得しないと、わからないと思うぜ。ほら、犬でもすぐ噛みつくのがいるでしょう。それは犬が悪いんじゃなくて、その犬の持って生まれた性分だから。

でも弱い立場の人には優しいんだったら、彼女が吠えて、むかって行くのも大目に見てやって、君がその分ぶっとばされてやるのも、いいつき合いだと思うがね。

それが痛くて嫌なら、彼女の誕生日に口輪をプレゼントしてみちゃどうだ。


毎週毎週「悩むが花」を大変参考にさせていただいております。今回お手紙をさしあげたのは、回答者として、伊集院先生がいつも何を考えていらっしゃるかを知りたかったからです。伊集院先生は悩みに答えることで、どのようなメリットがご自身にあると感じられているのでしょうか？

（62歳・男・自営業）

回答者として、わしが何を考えているかって？

あなたね、この手の相談事にいちいち真面目に考えて回答してたら、そりゃ本業（小説ですぜ）がおかしくなるでしょうが。

他人の悩みに答えることで、何かメリットがあるかって？

あなた、そんなもんが**あるわけない**でしょうが。

わしはもう何度も、この連載をやめにしようと言ってるの。この出版社（文藝春秋）から借りてた金も返したし、何の義理もないんだから。

じゃ、どうして続けてるのかって？

そんなこと、見ず知らずのおまえさんに、なぜ言わにゃならんの。

だいたいこの〝悩むが花〟をいったい何の参考にしてるってんだ？

手を差しのべている人にしか リンゴやブドウは降りてこない

私の兄は小学生のときに海水浴中におぼれて亡くなりました。私はまだ小さかったので覚えていないのですが、母の悲しみは大変大きく、以降一度も海に連れて行ってもらえませんでした。ところで先日、小学生の息子に「海で泳ぎたい」と言われて困ってしまいました。連れて行ってあげたいのですが、同居している両親に悪いように思うのです。私の気にし過ぎなのでしょうか？

（35歳・女・会社員）

毎年、夏になると水の事故で何十人という数の子供が亡くなる。そのニュースを聞く度に幼い命が水難に遭って亡くなるのが私も可哀相でならない。同時にそのニュースを耳にして、我が身のことのように思い、切ない記憶がよみがえる親御さんや兄弟姉妹が日本全国に何人もいるだろう。

私もそんなニュースが流れる度、私の母が聞いていなければと思ってしまう。と言うのは、私の家族も、私が二十歳の時、十七歳の弟を海難事故で亡くしているからだ。

弟の場合は彼の夢であった冒険家になりたいという意志があって台風が接近していた海に一人でボートを漕いで沖に出て事故に遭ってしまったので、夏に一番多い、幼い子の水の事故とは違うが、それでも四十年過ぎた今でも母は弟の話を、夏が来る度に、時折、口にする。母の中では、その事故は彼女が生きている限り消えることのない出来事なのだ。

私も命日が来る度、何とか助けてやれる方法はなかったかと思う。

さて三十五歳のお母さん。あなたもお兄さんを二十数年前、海で亡くして、あなたもそうだが、祖母さんにとっては決して忘れることのない出来事であり、それ以降、海に連れて行ってもらえなかったのもよくわかる。

祖母さんにとっては二度と同じことをくり返して欲しくないという気持ちだろう。

それであなたは今、母になり、息子さんから「海で泳ぎたい」と言われて、同居している祖母さんのこともあり、ためらっているわけだ。その心境には一理あると思う。

しかしあなたの息子を海で泳がすことはためらうことではない。他の子供たちがそうしていることを、その理由だけで行かせないのは間違いだ。但し、息子にはそういうことが昔、自分の兄さんの身に起こったことをきちんと話をして、よくよく海では注意をして泳ぐなり、遊ぶように言ってきかせて、出してやることだ。子供はその意味が十分にわかるものだ。

さてあなたのお母さんには、海へはなるたけ行かせないようにしていると言うのがいいだろう。子供にも祖母ちゃんの前では、海に行ったことをなるたけ口にしないようにしなさい、と言っておくことだ。子供はどうしてそれを口にしてはいけないのか。それを口にすれば祖母ちゃんが心配するし、哀しむことになるからと教えるんだ。そうして、それがあなたの子供のツトメで、自分たち家族の事情だと言っておくべきだ。**家、家族というものは、その家、その家族にしかわからない事情をかかえている**ことが当たり前だ。子供にも友達はそうできても、おまえはそうしてはいけない、ということがあるのが世の中だとわからせる第一歩だ。

あなたは気にし過ぎではないか、と言うが、気にしない親が多過ぎる中ではその気持ちはまともだ。でも海水浴に出かけた家族の半分が事故に遭うなんてことはないのだから。

子供は海が好きだし、海は子供にいろんなことを教えてくれる自然の先生なのだから。

新商品を開発する部署に配属になりました。上司からは「常識をくつがえすような新しいアイディアを出してくれ」と期待されています。しかし、今のところまったく思いつく兆《きざ》しがなく、自分の才能のなさが嫌になります。先生は小説のアイディアをどのように思いつきますか？

（28歳・男・会社員）

新商品開発の部署に配属されましたか。

上司から、常識をくつがえすような新しいアイディアを望まれているが、今のところまったく思いつかないって？

当たり前でしょう。

そんなに簡単に斬新なアイディアがポンポン出たら、あなたは天才でしょう。

まあともかく苦心、苦悩をするしかないだろうね。

過去の例を見てみると、ほとんどが思いがけない時にアイディアは出ているようだね。もうひとつは失敗をくり返す中で、ほとんど投げ出そうという状況で、その手のことは出ているね。それはおそらくそれまでの発想法と変えざるを得ない状況にぶち当たったからだろうね。それくらい人間が考えることは一律であり、思考の範囲が狭いんだろう。

けど今挙げたふたつの例にはひとつ共通点がある。

何かって？

それは、その人が**ずっと考え続け、悩み続けるのをやめようとしなかった**点だ。

つまり、その姿勢を崩さなかった人の手にアイディアが舞い降りてきたってことだ。

手を差しのべている人の手の中にしか、リンゴやブドウの房は降りてこないってことだな。だからもっと考え、もっと苦心しなさい。それしか方法がない。

小説のアイディアをどのように思いついてるかって?

君ね、失礼でしょう。

アイディアや思いつきで小説が書けるわけないでしょうが。

まったく小説を何だと考えてんだよ。

だいたいそんなこともわからんでアイディアが出るわけないだろうよ。

結婚する時は△△と言ったとか口にするのはよくないよ

地方から東京に出てきた大学生です。家が貧乏なので、学費も自分で稼いでいます。昼は大学の講義、夜はアルバイトの日々です。しかし大学の同級生をみると何の苦労もせず遊んでいるようなヤツばっかり。親に買ってもらった車に乗って、お小遣いで飲み歩いて、いい歳して恥ずかしくないのかと思います。人が生まれながらにして不公平なのは当たり前ですが、やっぱりどこか「ケッ」と思ってしまいます。

（19歳・男・大学生）

今、君が日々やっていることは何かと大変だろうが、君という人間に与えられたことと受け入れて、やり通すことだ。

君からすれば自分だけが、昼、夜と懸命にやっていて、家が裕福だったりするだけで遊んでる同級生たちに比べて、不公平に思えるだろうが、それは世間では昔から当たり前のようにあったことで何ってことじゃないんだ。君と同じ立場にあった人はゴマンといるし、よく見てみればもっと辛い境遇にある学生は何人もいるはずだ。

君と似た境遇にあった人は、皆それを乗り越えて来たんだよ。

乗り越えると書いたが、正直、それほどのことではないだろう。働きながら昼間勉学ができるんだから何ってことはない。

少し前まで日本人は三人に二人がそういう境遇で学び、社会に出るのがこの国だったし、先進国でも、ましてやアジアの国々ではそういう若者の方が普通だ。

それでも親の小遣いで同級生の女の子と食事に行ったり、デートをしている連中を見ると羨《うらや》ましく思ったり、妬《ねた》んだりしてしまうって？　そりゃ人間だものナ。

けどそんなことは君がきちんと卒業してやるべき仕事と出逢い、社会人になって懸命にやっていけば、そのうちすぐできることだし、第一、そんな若者とデートして嬉しがってる女の子にロクなのはいやしないよ。

今、君が受けている境遇は、実は〝人生の宝〟のようなものだと私が言っても信じられないだろうが、〝人生の苦労は金で買ってもいいからしてみろ〟という言葉が、やがてわかる時が来る。

君の、その、バカ同級生を眺めて、「ケッ！」というのをやめなさい。品がない。私も大学の後半の二年間はバイトをし学費を出していたが、他人を一度も羨ましいと思ったことはなかった。

だってそうだろう。それが自分に与えられた境遇であり、自分の立つ足下なのだもの。けど今と未来の時間は私のものであったし、君のものであるんだ。何だって、どんな人にだってなれる可能性がそこにあるんだから。

この人生相談で何度も言うように、若い時に金で手に入るものにロクなものはないし、むしろその人をダメにするものばかりだから。


下ネタって言えないと駄目ですよね？　先日、或る大物に取材をしたときに終始シモの話ばかりで、嫌悪感を覚えました。昔からその手の話題が苦手で避けてき

たのですが、そうも言ってられない、克服しなければと感じているんです。（26歳・女・ライター）

或る大物って何だよ？

取材に来た若い女性に下ネタばかりを口にするってのは、或る大バカでしかないだろうよ。

下ネタってのは程度によるし、大人の男は基本的に女、子供の前でその類いの話はしないのがルールだ。

嫌悪感を覚えたってことは、それはもう会話の常識を外れてるから。その大物って古手の自民党の代議士か、一代で成金財産を得た企業家かなんかじゃないの。昭和という時代に運良く地位を得た輩の中には、異常性欲者がかなりの数いるから。ただ人間は男も女も助平なのは基本だからね。

下ネタは嫌い、で通して生きるのは女性として**普通**だから、克服なんかしなくていいの！

犬がかわいくてしょうがありません。今は室内犬を四匹飼っています。最近ジャック・ラッセル・テリアのかわいい子犬を見つけたので、近いうちにお迎えしたいとも思っています。ただ夫は不満みたいです。結婚するときは「子供はいらない」なんて言っていたのに、最近は犬より子供を欲しいなんて話をします。こんなにかわいいワンコが沢山いるのに、何が不満なのかわからないです。

（36歳・女・主婦）

奥さん、何だって？

最近ジャック・ラッセル・テリアのかわいい子犬を見つけたって、奥さん、毎日、何をやって生きてんの？

奥さん、犬を探して生きてるわけじゃないんでしょう。

まあジャックでも、ランドセルでも、照り焼きでもかまわないんだが、それを何だって、近いうちにお迎えしたいと思ってるって、いったい何を迎えるの？

たかが犬一匹に、お迎えって、奥さん、あんた少しおかしいんと違うかね。

そりゃ犬をかわいく思うのは、私もそばに一匹、〝東北一のバカ犬〟と呼ばれるのがいるからわかるけど。

ご主人が、犬より子供が欲しい、と言われたら、化粧してベッドで待ってあげないと。毎日、働いてもらってんだから。

それとね、結婚する時は、△△と言ったとか、××と約束したとか口にするのはよくないよ。

ご主人だって結婚したら、こんな人だとは思わなかったというのを**口にしないで我慢**してるんだから。

それ以上、犬を家に入れるのはやめなさい。

ご主人につくしなさい。

言うも、言わないも、
あなたが決めていくことなの

真面目な高校生
わしは君のような考えが大好きだ

近頃本屋に行くとベストセラーの棚にはダイエット本がいっぱい。そんなに痩せてる方がいいのですか？　僕は正直に言って、少しぽっちゃりしている女性が好きです。あの肉に包まれる感じがたまりません。
（36歳・男・アルバイト）

君、少しぽっちゃりした女性が好みなの？

本当に？　君ってイイネ。私と趣味が合うね。

やっぱり女性は肉がついてないとね。ウンウン。

弾力性というか、指で押せば、プルンと押し返してくるって言うんですか。イイデスヨネ。

あの肉に包まれる感じがたまらないか……。ワカル。ワカル。

肉がついてる女性の方が、寒い季節になればコタツ替りというか、そばにくっついていれば寒さをしのげるしね。

今、問題になってる節電効果にもなるんじゃないの。

この残暑がスゴイ、夏はどうかって？

それも大丈夫なんだよ。

相手が君に惚れてるんなら、逢う前の少しの時間、冷凍庫に入ってもらっとけば、大きなアイスノンって言うの？　コレがイイノ。

それにぽっちゃりした方が愛嬌があるじゃありませんか。

笑顔だって可愛いし。おおらかに見えるもの。

基本的に体力があるから、重い荷物なんかも、笑って持ってくれるんじゃないの。

ところで本屋に行くとベストセラーの棚にはダイエット本ばかりなのが気になるって？

まあそれだけ太ってる日本人が多いってことだろうね。不況不況と言っても皆なんとか食べて行けてるんじゃなくて、しっかり食べてんだろうね。

戦後、高度成長がピークに達してからは、日本ではダイエットの本と、英語がすぐ話せるようになる本が、ずっとベストセラーなんだナ。
それは裏返せば、何度テキストを買ってもまったく英語が話せるようにならない男と女が今日も朝から我慢できずに食べてばっかりいる国ということなんだろうね。

先日、夫が私の女友達と二人で車に乗っている場面を見てしまいました。仕事に行くと家を出て行ったのに……。明らかにあやしいのですが、怖くて問いただすことができません。浮気をしているとして、このまま黙っていた方が穏便に済むのかもしれないし……動揺しています。（37歳・女・主婦）

ご主人が奥さんのお友達の女性と車に乗ってるのを見かけたって？
仕事に行くって家を出たのに、なぜその女友達と一緒に車に乗ってるかって？
あきらかに浮気をしてるって、奥さん、ご主人を信じてあげなきゃ。

そりゃたまたま運転してるところにその女友達を見かけたんだよ。見かけたんじゃなくて待ち合わせてたのに違いないって？

それは奥さんの考え過ぎ。

待ち合わせていたように見えても、それは偶然なの！　それから二人がどこかのホテルに入ったとしても、それは女友達がホテルに用があって、それを送って行ったんだよ。

でも二人でそのままホテルに入ったって？

それも偶然だって。ご主人もそのホテルに用事があったんだって。仕事先の相手と待ち合わせたりね。

でもそれから二人が部屋に入ったって？

それも偶然だって。仕事先の相手との約束が急にキャンセルになったんだよ。

それで二人で部屋に入る理由がさっぱりわからないって？

その理由も偶然だって。ご主人は最近少し疲れてて休憩しようと部屋を予約したら、その部屋がダブルブッキングになってたんだって。それしかないって。

それで二人がベッドに入ってたって？

だからそれも偶然だって。だってそうでしょう。まさか知らない人が先に部屋にいるなんて思わないもの。

けれど二人とも裸だったって？

奥さん、裸同士なんて、そりゃ偶然以外のナニモノでもないでしょう。

何？　もう聞きたくないって？

そりゃ、わしだって、こんな手のこんだ話を長々と書きたくはありませんよ。ともかく偶然だと思って、その話はご主人にしないように。ご主人はきっと奥さんに言いますよ。

「そりゃ**偶然**だよ」


真面目にご相談します。僕は高校生ですが、世界平和を願う気持ちが抑えきれません。なぜ人と人はいがみ合い戦争という愚かな行為をくり返すのでしょうか。何か今の僕にできることはないか考えています。

（18歳・男・高校生）

真面目な高校生だね。

わしは君のような考えは大好きだよ。

世界平和を願うってか。素晴らしい。

なぜ人は戦争という愚かな行為をくり返すのかって？　イイ質問だね。

君ね。こういう大切なことは、**もっとちゃんとした週刊誌**の相談室に聞いてくれないか。

君、歴史の授業で、年号、年代を記憶するように教わったでしょう。あの記憶した年号の半分以上が戦争がはじまった年か終った年だって知ってるよね。人類の歴史は戦争をくり返した歴史なの。平和は長く続かないの。そうでなきゃ、この国のあちこちで、どっちの領土だってはじまってないでしょう。

初めて逢った日？　そんなもん覚えているバカがいるのかよ

最近どんどん芸能界に疎くなっています。キムタクがＳＭＡＰのメンバーだと最近知ったことを友人に話したら「それはちょっとまずいよ」と言われました。少しはその方面も勉強すべきでしょうか？

（58歳・男・会社員）


君はそれで大丈夫だから。

キムタクが誰で、何をしてるかなんてのは、大人の男にとって何ら必要のないことだから、ましてや芸能人のことをいろいろ話題に取り上げるほど、大人の男の仕事は暇なものじゃないから。

彼等は彼等で、自分たちを必要としているところで生きて、懸命にやっているだけのことで、会社が、社会が、日本が、世界が、この先どうなるなんてことを彼等が考えて、それを発信しても、大人になった君たちが耳を傾け、聞くことの必要性はまったくないと思う。

そのことは彼等も十分わかってるし、第一大人になった君たちに必要なのは大人の中の知り得るべきものを探し判断して行くことだから。

社会に出る、大人になる、ということはテレビで報道していることとはまったく違う側面を持っているし、テレビ、新聞、雑誌の報道、情報は役に立たないものが大半だから。

それは夜の報道番組のニュースキャスターの面《つら》を見てみればわかるだろうし、テレビのアナウンサーのあのバカさ加減で一目瞭然じゃないか。連中は事件が起きても現場なんぞに行きゃしないよ。せいぜいオリンピックのロンドンに行った程度だろうよ。この先、日本がどこへむかうかなんて真剣に考える輩はいるとは思えないよ。

ましてやキムタクに何かを求めるってのはキムタクも可哀相だろうよ。

彼の発言を少し聞いたが懸命にやってる方ではあるがね。

仕事が忙しく妻の誕生日を忘れてしまい、以来、夫婦関係がギクシャク。妻は記念日を重要視するタイプで、結婚記念日にクリスマス、ホワイトデー、果ては初めて出会った日まで、プレゼントやディナーを用意していないと不満なようです。正直多すぎて困っています。

（30歳・男・デザイナー）

そりゃ、そんな女性を女房にもらったんだから、そうするのが**身の安全**だろうよ。

毎年、記念日やら、メモリアルデーにプレゼントを用意して仲良く過ごすのが一番の策だろう。

それをこの頃おかしいんじゃないかって思いはじめたの？

今まで思わない方がおかしくて、思うのが当たり前じゃないの。

いったい世間に何人女房の誕生日にいろいろ祝いをしてる亭主がいるのかね？

そんなことに亭主の仕事で懸命な時間をわずらわせる女房はバカ以外の何者でもないじゃないの。

クリスマス？　クリスチャンかよ女房は？

初めて逢った日？　そんなもん覚えているバカがいるのかよ。その度、飯食いにつき合う男は何をやっても一人前にはならないよ。さっさと別れてしまえよ。そんなバカ女は……。

動物園で飼育係をしていますが、最近動物園はなんのためにあるのかって考えます。子供たちに動物と触れ合ってほしいという気持ちもあるのですが、動物にとってはストレス以外の何物でもないですよね。結局動物園は人のエゴでしか成り立っていないのでしょうか。

（27歳・女・飼育係）

動物園は人のエゴで成立してるって？

考えようによってはそう言えなくもないが、本当にそうだろうか？　動物園のはじまりってたしかロンドン動物園だったと思うが（「ＺＯＯ」っていう呼び名もこの時に生まれたはずだ）、最初は半分以上の動物は剝製だったはずだ。どうしてそんなことがはじまったかって？　それまではアフリカや南米に行って珍しい動物を見て来た人はそれをスケッチして本などで紹介したはずだ。旅行記もあったが主には動物学者たちが、人類や人間のことを知るためにさまざまな動物を捕獲し研究し、その生態をたしかめて行ったんだろう。それらをより詳しく研究するために、生きたまま捕獲してきて、檻《おり》に入れたり、人に危害を加えないものは放し飼いをしたのさ。

それを見物に来る人もいたろう。いろんな生きものが地球に生息しているのを目にすることは人間の好奇心をそそったんだろうね。

勿論、見せ物としての側面があり、それをお金を取って商いにしようと考える者もあらわれただろうが、動物園の基本はやはり動物を観ることで世界を知り、私たち人間と同じ生きものであることを知ることが一番なんだろう。

生きた動物を見せる行為がはじまった時から、その動物の悲哀を察知し、哀しみを詩にした詩人や戯作者《げさくしゃ》は何人もいるし、一頭のキリンが狭い檻の中で都会の沈む夕陽をぼんやり眺めているのを目にしたら、住んでいた所に帰してやるべきではと思う気持ちが起こるのは飼育係の君でなくとも誰しも同じはずだ。

でも私はこうも思うんだ。動物の一組の親子が仲睦《むつ》まじくしている姿を子供が目にして、動物にもパパやママがいるんだ、と理解する行為には何かがあるし、決してエゴだけでは片付けられないんじゃないかな。

人間がやっていることはひとつとして理にかなうことなんかないはずだ。それを考えたら、その動物がせめて生をまっとうできるようにするのも、ひとつの仕事として価値はあると思うけどね。私の動物園の記憶はどっちが檻に入ってるんだろうか？　ってことだったナ。

どうしようもないんだよ
この国の倫理観、モラルは

妻が「昔からの憧れ」のウォーターフロントの高層マンションに引っ越したいと言うんです。セレブな暮らしを送りたいのだとか。金銭的には問題ないのですが、これだけ地震が騒がれている昨今、あんな地盤の危ういところの高層階に住むなんて……と全然乗り気になれません。

（34歳・男・会社員）

ウォーターフロントが地震に対してどうなのかって訊かれてもな……。そりゃ大きな地震が来たら地盤と津波のことを考えたら、危険というのは当たり前のことなのは誰もわかってはいるんだよ。けど現実、そこに暮らしている人が大勢いるし、職場がある人もいるわけだから、あそこはやめなさいとは言えんでしょう。同じウォーターフロントと言っても地盤がしっかりしている地域とそうでない地域もあるわけだし。むしろ問題なのは少し危険な地域でもその建物が地震に耐える構造で建ててあるかの方なんだよ。じゃそれをどうやって調べるか？　九年前（二〇〇五年）に耐震構造になってないマンションがあって国会まで証人が呼ばれて問題になったでしょう。私の友人の若い銀座のネエサンが懸命に数年働いて両親にマンションを買ってあげたら、その問題のマンションのひとつだったんだよ。今は建物をようやく建直しはじめているが、それでも住民の話し合いに五年近くかかったようだ。それほど住んでいる人が現実にいる場合は時間とお金（こっちが一番大変なんだが）がかかるんだよ。

七年前、その話を聞いた時、じゃ耐震が甘いと言うが、どの程度が甘くて危険で、どの程度が安全かという基準は本当にたしかなのかという疑問を抱いたんだ。実はそれは微妙な差でしかないんじゃないかとね。なぜ疑問を抱いたかと言うと、これは日本の建築に関《かかわ》る人たちの倫理観の問題で、私は日本の建設業界の半分は倫理観がない連中だと考えているんだ。そのひとつのあらわれが、今回の大震災で半壊した私の仙台の家だ。地震が起こる直前の週まで、或る建設業者が古くなった家の工事をするので打ち合わせに通っていて工事日程を決めようかという段階だった。ところが震災が来て、半年くらいしてから家を直さねばと連絡を何度かしてもいっこうに来ないんだ。公共のものを優先しなきゃならないから少し待とうと私も判断したが、今日まで過ぎてもいっこうに連絡がない。担当者はまともな人だったからおそらくその会社の経営者が、そんな工事は放っとけ、と言っているんだろう。このケースは何を意味してるかと言うと、建設業者の倫理観、モラルがそのくらい低いというか、悪どいんだ。おまけに震災以降、建築資材が倍近く高騰している。それを規制、援助できない政府が何が復興だ。もうひとつ例を挙げると私の田舎は山口県の防府という町なのだが、そこで五年前の夏に大雨の土砂崩れで老人介護施設が被害に遭い何人ものお年寄りが亡くなった。その時、私の生家に通っていた老大工が言ったんだ。「昔からあの土地には家を建てはいかんと言われとったんだ」とね。それを聞いて、許可を出した役所や、建てた業者の倫理観、モラルを考えたんだ。

よく言うでしょう。先祖が守って来た言い伝えを無視すると災いが起こるってね。あれは単純な言い伝えではなく根拠があるものなんじゃないかってな（ほぼ間違いないと私は思っているけど）。さらに例を挙げると、先日、飛び込みで業者が工事をしたいと言ってきて、相手の顔を見るとまともに見えたんで見積りをたてさせたんだ。工事の見積りというのはこちらは素人だから、まあこのくらいの予算がかかるものなのかと思っていたら、相手がいきなり「まずは白蟻の状況を調査しますんで、その調査に三十万円かかります」と言ってきたんだ。それを聞いて、女房に「その業者はやめろ。白蟻の調査で三十万円かかると平然と言ってくる奴がおかしい。三十万円という金がどういう金額かそいつはまるでわかってないし、そのくらいの費用がかかるという白蟻駆除の業者自体がおかしい」と言って、それで中止にしたんだ。すべて今の建設業者はこの有様なんだ。世界中のどこの国に一千万円以上の金で家を建てて、二十年もしないうちにその家の価値が十分の一以下になる国があるというんだ。都心の高層建築物だってそうだろう。五十年持たなかったんだから。役人も業者も悪いが、それ以上に高層建築を競うように建てた人間の発想がおかしいんだ。

あのヒルズ族ってのがうろうろする建物も必ず大きな問題が起こるって。私に言わせれば新しい地域開発などと称して、高層ビルを建てるのは愚行にしか見えんな。

そんなことありませんて？　今の建築技術の粋を集めたものですから？　その建築に関る人間が信用ならんと言っとるんだ。まあいい、五十年後、百年後にわかるって。人間は必要以上に高い所に暮らす必要はないんだって。バベルの塔の言い伝えがあるようにね。

地震の話からおかしな話になったが、そのウォーターフロントに住むか住まぬかという相談は住んでる人に非礼な発想だから私は答えようがないし、君は自分だけが安全ならいいのかという問題になる。沖縄のオスプレイ配備にしても、福島の放射能被害にしても**日本人は自分たちだけが安全ならそれでいいと少なくとも五千万人くらいが思っているんだ**。どうしようもないんだよ、この国の倫理観、モラルは。

地震に関しては地震がある国に生きるということをまず理解し、認めて、次に、〝具体的に備える〟ことが一番大切なんだろうナ。

それより、セレブな暮らしをしたいという、君の奥さんに問題があるんじゃないか。セレブって、こんな気持ちの悪い言葉はないだろうよ。

この国では残念ながら改革なんて起きはしないんだ

来月からアメリカに留学する予定です。海外では当然のことながら日本のことをいろいろと聞かれるらしいのです。日本人のいいところも悪いところも確かにいろいろ思いつきはするのですが、それらをどう表現して良いものか困っています。先生は日本人の、そして日本の良さとはどんなところにあると思われますか？

（20歳・女・大学生）

二十歳の女性の貴方が、海外に留学へ行くに際して、世界と日本の在り方を考えるという発想はとてもいいことだと思うね。
世界の人が日本をどう考えているかは、日本人が、貴方が想像しているのとかなり違うと思っていた方がいいだろうね。

あなたの生まれる前の話だが、日本人はエコノミックアニマルと呼ばれ、金で海外の土地を買い漁《あさ》ったり、日本のオバサンたちが金を腹巻に入れてどこで着たり身に付けるのかわからないブランド品の本店の前で行列をなしている光景が海外のニュースで流れたかと思うと、金満の製紙会社の会長がゴッホの名作を札束で買って、果ては自分が死んだ時にその絵画を棺桶の中に入れて燃やしてくれと言ったニュースとか（この一言で海外の美術関係者は日本人に絵画を売ったら大変なことになる。日本人はまったく文化が理解できないとなったんだ）、つい最近の例で言えば、民主党に政権が代わった時、アメリカ・テキサス州のオバサンが言った、「日本人ってきちんとした選挙とかはしないんでしょう。デモクラシーとかは知らない人たちと聞いたわ。国の大統領（彼女はそうCNNのニュースで言っていた）だってお金で買うから次から次に替わるんでしょう」というイメージが流されたり、去年ならツナミの大被害があって原発事故が起こり、日本人はさらに破壊されそうな原発施設をまったく処置をしないどころか円高のことばかりを気にしていると大半の外国人が思っている……。これだけの話でも実際に海外で報道されてることとなんだよ。最悪だろう。

五、六年前までの十数年、私は一年の半分近くを海外を旅して、外国人が抱いているこの最悪の日本のイメージをことあるごとにそうではないと説明してきたし、親しくなった友人たちは理解してくれるものの、今回の原発事故の処理やコロコロ総理大臣、各大臣が替わってしまう日本人の政治意識の低さなど全体としてのイメージは悪い方にばかりむかってる面もあるんだ。

こんなイメージをこしらえたのは、実はバブル時代の狂乱をつくったポリシーのない銀行家や金満企業家、最低の政治家たちだけの責任じゃなくて、私たち**日本人の大人の一人一人の責任**なんだ。原発のデモだって、あれは単に原発に反対しているだけではなく、今の日本という国のカタチをあらためなくてはイケナイと言っているのに、大半の日本人とマスコミはなしくずしにしようとしている。この国の現状では残念ながら改革なんて起きはしないんだ。

さてここまで君たちにとって嘆かわしいこと、海外に行っても恥ずかしくなるようなことばかりを羅列したが、決してそんな日本人の大人ばかりじゃないんだ。アフガニスタンでずっと井戸を掘って人々を救ってる人や青年海外協力隊や〝国境なき医師団〟で今も紛争地や飢餓の土地で医療活動をしている日本人の若者、大人は大勢いるんだ。そういう献身的仕事を受けている国の人の日本人のイメージはとてもいいんだ。

では君は何を拠り所に自分が日本人であることの誇りを持てばいいのか。若い日本人がバイブルにできる本なり、詩なりを書くのが私たちの仕事であり、あるいはそれを発見し、これだとすすめなくてはならないんだが、申し訳ないが、今は君にこの国の歴史をもう一度よく学んで、**千年以上この国が続いている根を見つけてもらうしかない**んだ。今は失せてしまったそれぞれの家の家訓や、祖先の残した言い伝えの中に、日本の歴史の根を解くヒントはあると私は思っている。

何冊か本を紹介すると日本人の手で書かれたものではないが、ドイツ人の哲学者のオイゲン・ヘリゲルの著作で『弓と禅』という本がある。この本のすべてが正しくはないが、少なくとも日本人と西洋人の物の捉え方の根はよく見つめられている。『古事記』『万葉集』の現代語訳を読んでみるのもいいかもしれない。岡倉天心の『茶の本』内村鑑三の『代表的日本人』志賀直哉の作品、田中美知太郎の『生きることの意味』（これらは正しく美しい日本語が学べる）。井上ひさしの『父と暮せば』山折哲雄の『愛欲の精神史』。今なら村上春樹を読むのもいいかも知れないな。そうでなければ君の見たアニメーション映画や、好きなアーチストの音楽、君だけの知っている詩人の詩の一節にも、日本人の根はあると思うが……。

何だか君に的確なことを言えなくて済まないと思うが、君が見えないものを、私たち大人も懸命に探していることは信じて欲しい。

最後に、**日本人の誇り**を忘れないことが大切だな。と同時に訪ねた国の、君の場合はアメリカか、アメリカという国にも**彼等が誇るもの**が決して大国主義や民主主義だけではなく、もっと情緒のあるものが一人一人にあるはずだから、それに触れることも大切なことだと思う。

海外留学や外の世界に出るということは、自分や自分の国を違う目で見つめることができる貴重な機会だから、日々を大切にすることだ。

ラクしてるから太るの 何も考えてないから太るの

うちの妻はよくダイエット本を買ってくるのですが、「ベルトを巻くだけ」で瘦せるとか、「背伸びするだけ」とか、「寝るだけ」ダイエットとか、およそ信じられないようなものばかり。もちろん妻の体重も減らず、むしろ増えているような気さえします。書籍代もバカにならないし、場所だって結構とるし、なにかスパッと瘦せられる方法を先生はご存じないですか？

（35歳・男・公務員）

スパッと瘦せられる方法がないかって？

そんなの私が知るわけないでしょう。

私の周囲に太り過ぎたって人間がほとんどいないから、太るってことの悩みがよくわからないんだな。

そりゃ飲み友達が、酒場でお腹を撫《な》でながら、「やっぱり日本酒は太るな。伊集院さん、ワインの方がいいって話だけど本当なのかね」なんて訊くけど、その時の私の返答はいつも同じ。

「日本酒とかワインとか、酒で太るのはそんな問題じゃないだろう。もし太りたくないことを前提に飲んでるんなら、君の飲み方が悪いんだよ」

「えっ？　飲み方なのかよ」

「そうだ」

「どう飲めばいいんだよ」

「毎晩、吐くまで飲めばいいんだよ」

「えっ！」

下戸《げこ》の後輩でもたまにいる。

「どうして太るんでしょうか。食べ過ぎなんっすかね」

「食べ過ぎとか、そういう問題じゃないよ」

「じゃ何ですか」

「太りたくないんなら、喰わなきゃ、それでいいんだよ。一週間くらい何も口にしなきゃすぐ痩せるって」

「それじゃ死んじまいますよ」

「死ぬものか。死にそうになったら食べればいい。ともかく何かを口にするから太るんだ。単純なことだから入口を塞《ふさ》ぎゃいいだけだ」

「どうすれば食べないようになりますかね」

「食べる暇がないほど働けばいいんだ。それだけのことだ」

「それじゃ体力が落ちて仕事にならないでしょう」

「そんなことがあるもんか。二、三日何も食べなくとも働いてる奴は大勢いるよ」

「そんな人見たことないっすよ」

「だからおまえは太るんだよ」

ああ、それで君の奥さんね。**ラクしてるから太る**の。何も考えてないから太るの。すべて当たってるだろう。でもそれを口にしたら追い出されるよ。

いずれにしても十キロ、二十キロ太ったってたいした問題じゃないよ。

今年の十月に七十一歳になりました。趣味はゴルフと読書ですが、四十年近くやっているゴルフは最近飛距離がガタ落ちしていて、ドライバーは一七〇ヤードぐらいと話になりません。スコアもままならず一〇〇を切るのに四苦八苦の有様です。この際思い切ってゴルフから足を洗おうかと悩んでいます。先生に趣味としてのゴルフについてお考えをお聞かせいただけたら幸いです。

（71歳・男）


七十一歳でゴルフを愉しんでいらっしゃいますか。羨ましいですね。

ゴルフをはじめて四十年ですか。

それはいい趣味と出逢えて良かったですね。こう書いてもゴルフは実際にプレーをした人にしか、このスポーツの良さ、奥行きのようなものはわかりませんよね。

それで最近飛距離が落ちたのが悩みなんですか。

先輩、七十一歳で飛距離が落ちなかったらおかしいでしょう。

ドライバーが一七〇ヤードですか。

それだけ飛べば十分でしょう。セカンドからの飛距離が書いてないので、正確なことは言えませんが、ドライバーでも他のクラブでもティーショットが一七〇ヤードを越えれば、普通の、それも日本のゴルフコースならラウンド九〇から一〇〇では必ず回れるはずですが……。グリーン周りのショットとパターの練習を少しなさった方がいいんじゃないですかね。

ただ一〇〇を切る、切らないは、あくまでプレー上の目標だから、そうこだわる必要はないでしょう。

ゴルフはスポーツの中で珍しく、すべてのことを自分一人で行ない、自分で完結させるきわめて個に依存するものですから、一から十まですべてプレーヤーのものなんです。

そこには納得できないスコアーも、悩みも、苦しみも、そうして逆のファインショットも、バーディーも、満足するスコアーも含まれます。

そう考えると、他人が自分のゴルフをどう思うかなどということは、ゴルフを愉しむこととは関係がなく、ましてや過去に比べて今の自分が情けないという発想はゴルフがまだあなたのものになってないってことです。

ゴルフをやめたいなら、その最後のプレーの日にむかって少し練習なり、プレーのイメージを高めるようにしてはどうですか。

私は台風でも大雨でもゴルフコースには必ず行きます。それは自分の最後のプレーの日を、たかが雨くらいで中止にしたくないからです。グリーン周りのショット、パターだけでも一度コーチについてみたらどうですか。

今さらこの歳でコーチについても？　それは違うでしょう。四十年続けたプレーの中で、あっ勘違いだったんだ、と気付いたりしますし、教われば試したくなるし、意欲が湧く。

ゴルフは、その人そのものです。人格がそのまま出ます。ともかくお互いに若い連中より、プレーファースト、チャレンジゴルフでやりましょうや。

人を育てるということは辛抱と忍耐だ

最近の若い社員はそこそこ頭は良くて、仕事もちゃんとやるんですが、なんというか張り合いがない。物わかりが良すぎるというか……。何も考えず従順に行動するだけじゃなくて、型破りでも思ったことをしてほしいのですが、どうすれば発破《はっぱ》をかけられますか。
（33歳・男・会社員）

最近の若い社員が物わかりが良すぎて何かひとつ物足りないって？

君は何歳だっけ？　三十三歳か、君もまだ若いが、そうやって後輩を心配する姿勢はイイんじゃないか。

従順に仕事をしてくれてればいいじゃないか。型破りでもいいから思ったことやってくれた方が、と言うけど、そうなったらそうなったで結構大変だろう。

君は何も考えず従順に仕事をしていると言うが、果してそうだろうか。彼等も一人の個性だ。何も考えてないように見えても、それは考えているだろう。

若い人に対する視点、見方が、仕事を教えたり、励ましたりする折に大事なことだと私は思っている。年長者が彼等を見る視点、姿勢というのが、これがなかなか難しいんだ。

私の考えでは、まだ未熟、半人前と思われる人たちに何かを学ばせる基本は、**ついてこさせる**、という姿勢だ。家庭、学校と職場の違いは、彼等に何かを学ばせるのに手取り足取りということがない点だ。ついて行くことで身に付けるものが大半だから、先輩、上司はただ懸命に働き、その姿を見せればいいんだ。見てない、聞いてないじゃ授業なら落第で済むが、社会はそうはいかない。それができないなら違う生き方をさせるしかない。これは能力主義と言ってるのではない。それ以前のルールだ。そこで一人の若者がついてこられないと見えたら、どこがどうなのかをきちんと言ってやる。次に、それがすぐできなくとも辛抱して待つ。その後は程度の問題だ。

こちらのやり方としてはそれでいいが、忘れてはいけないのは、それは、彼等は君と同じ一人の人間であり、個性である点だ。要領が悪かったり、我慢強くなかったりするが、それは時間が何とかしてくれるものだ（君だってそうだったろう）。

最後に大切なことが一点ある。それは**彼等のプライド、誇り、大切にしているものをきちんと認める**姿勢を常に持っておくことだ。

私が若い時、悪さばかりをして、家に相手が怒鳴り込んできた時、母がこう言った。

「息子はたしかに大変な迷惑をあなたにかけたのだろう。しかしあなたのような言い方を私は息子に一度もしたことはない。母であっても子供の一番大切にしているものは傷つけられない。息子のプライドを傷つけたら許しません」

こちらが端《はな》っから悪かったので、何やら母に済まない気持ちになった。

人を育てるということは辛抱と忍耐。勿論、口やかましく言うことも必要だ。それだけ言っても後にならなきゃ、叱られた本当の意味はわからないんだから。だから私は職場で英語だけを話していては、会社の救世主になる社員はあらわれないと言ってるんだ。

いつも家でゴロゴロしている妻が何か楽しそうにしていると思ったら、メキシコにバカンスに行くのだとか。「コツコツ貯めていたお金があるの。貴方の世話にはならない」だそうです。どこか釈然としません。ガツンと言ってやるべきでしょうか。

（32歳・男・会社員）

女房が勝手にメキシコへバカンスに行くのが、釈然としないって？　何を言ってるんだ。送り出してやりゃイイじゃないか。小遣いもつけてやりなさい。相手は、女、子供だよ。やってることにいちいち反応してたらキリがないだろうよ。

普段、洗濯、掃除、食事まで作ってくれてんだから。だけど「コツコツ貯めていたお金で行くから、あなたの世話にならない」って言い方は即座にやめさせなきゃ、イカンね。コツコツ貯めようが、盗んできたものだろうが、いったん家に入った金は、その家のものだから。あなたの世話にならないって、屋根付きの家に住めているのは誰のお蔭なんだ、と一発言っとかないと。それで離婚と言われたらって？　上等じゃありませんか。その貯めた金を置いて出て行けって言ってやりゃイイ。けど基本は、女、子供のやることだから大目に見てやりゃいいだけの話でしょう。こまかいこと言わないの！　大人の男は。

五歳年上の彼女と入籍しました。式を挙げたいのですが、彼女は「もう結構な歳だし今更ドレスを着るなんて……」と消極的。彼女のご両親は一人娘の結婚式を楽しみにしています。どうすれば彼女を説得できるのでしょうか。

（32歳・男・会社員）

結婚式というのは**自分たちのためにするんじゃないの**。自分たちだけのためなら、あれだけ費用をかけて、忙しい人にも出席してもらうことがおかしいでしょう。

結婚式は花嫁のご両親、ご祖父母、家族、親戚、子供の時から世話になった人たちに〝晴れ〟の姿を見てもらうためにあるの。日本人は昔から娘の嫁ぐ日のために貯金をしたりして準備している国民なの。考えてごらん。誕生した時以外で、人生で祝ってもらえる日なんてそうそうないんだから。年齢とウェディングドレスは関係ないの。今言ったことをきちんと説明すれば、彼女もわかるよ。

木に咲いた花を見上げて、若木の時を思い起こし、よく育ってくれたって美味い料理と酒を飲んでもらうのが結婚式なの。

言うも、言わないも、あなたが決めていくことなの

ウチの娘は早熟なのか、まだ十四歳なのに二十歳の大学生とつき合っているらしいんです。男女の交際をとやかく言っても仕方ないのですが、さすがにまだ早いんじゃないかと思ってしまいます。けど、こっちが上からガミガミ言うと、娘は娘で反発して、ますます恋に燃え上がってしまいそうで……。娘になんと言い聞かせておけば良いのでしょうか。（48歳・女・主婦）

十四歳の娘さんが大学生とつき合っているって？

交際するにはまだ早過ぎるのではって？　お母さん。もう少し世間を見なきゃ。

十四歳どころか、もっと若い女の子でも年上の男の子とつき合っていますよ。

でもいまどきの子供が早熟だってことじゃないんだよ。お母さんがそのくらい

の年齢の時でも、若い時から男の人と交際している女の子はいくらでもいたの。お母さんの本音はまだ男の子とつき合って欲しくないんだ。じゃそれをはっきり娘さんに言えば済むだけの話でしょう。

交際ぐらいでとやかく言うと娘さんが反発するんじゃないかって？

そりゃするだろうし、お母さんは娘の話を信じてないのってぐらいは言い出すだろうな。

それがイヤなんですよって？　何を言ってるの。お母さんはお母さんの意見をちゃんと娘さんに言えばいいの。娘さんがどう反応しようがかまうことはない。何も言わないよりお母さんの一言が娘さんにとって警鐘になることは間々あるから。言うも、言わないも、お母さん、あなたが決めていくの。

最後にお母さんも気になるでしょうから言っとくけど、そんな若い女の子たちが男の子と男女の関係になっているのかってことだけど、そりゃ中にはそうなってる子たちは当然いますよ。

信じられないって？

お母さん、もっと世間を知らなきゃ。

女の子が女になって行くのは驚くほど早いし、きちんと心身で男を受け入れる若い子はいるんだよ。
ウチの娘に限って、そんなことはあり得ないって？　大半の大人はそう言うの。知らないのは親ばかりってケースがほとんどなの。

夫がもしかして法に触れることをしているのではないかと不安です。昔から夫はカメラが趣味でしたが、先日家を掃除していたら、女性のパンツを撮った写真が沢山《たくさん》出てきたのです。カメラアングルからしても盗撮のように思えます。夫が本当に盗撮をしているのだとしたら、どうしたらいいのか。夫が撮ったものと決まったわけでもないですし……こんなこと相談できる人もいないので困っています。
（50歳・女・主婦）

奥さん、ご主人がもしかして法に触れることをしているかもしれないって？　それはもしかしてじゃなくて、もう十分に盗撮をなさってます。

どうしたらいいかって？

そりゃどうもこうもないでしょう。すぐにやめさせなきゃ。そのうち警察に捕まるって。それじゃ手遅れでしょう。

今夜、家にご主人が戻ってきたら、出てきたパンツの写真をすべてテーブルの上に並べて、奥さんはただ**ひたすら黙ってうつむいていればいい**の。

「あなた、これっていったいどういうことなんですか？　私に説明して下さい」

なんてよくあるテレビドラマみたいなことは口にしなくていいから。

それだけの数のパンツの写真は、これは何なのって訊く必要はないものでしょうが。

あとはご主人がどう出て来るかを待っていればいいだけだから。

「これは会社の後輩が集めていて、処分に困っていたんだよ」と言い出したら、こう言えばいいんです。「そんな話を私が信じると思うんですか」とね。

それはもう十分過ぎる性犯罪なんだから、今やめさせておかないと、性犯罪というのはエスカレートして行くから。

それでもやめられないって言われたら。

ウ～ン、こんな忠告するとご夫婦の将来が心配だけど、奥さん、どこかでセーラー服でも買ってきて、ご主人と盗撮ごっこしたらどうだろうか。

そんなことできませんって？

愛がないな、奥さんは。


最近は子役ブームらしく、テレビで毎日のように子役タレントを見かけます。あんな物心もつかない子供に仕事をさせるなんて、親は何を考えているのでしょう。学校にもろくに通えてないんじゃないでしょうか。それに、最近では女医さんや大学教授、弁護士の先生なんかもバラエティ番組で見かけますが、彼らの本業はどうなっているのかと、要らぬ心配をしてしまいます。（47歳・女・主婦）

テレビに出てる子役タレントが心配だって？

放っときなさい。あれは親が望んでそうさせてるケースがほとんどだから。演技ひとつにしても親が養成所みたいな所に連れてってんだから。

学校もろくに通ってないんじゃないかって？　そりゃそうでしょう。でも親がかりでやってることだから放っときなさい。子役ってのは成人する頃に大半がつまずくものです。

テレビに出てる女医や大学教授、弁護士は本業の方はどうなんだって？

そりゃ本業を放ったらかしにしてるに決ってるでしょう。

情愛、情緒、ユーモアがなければ会社でも職場でもない

最近「年功序列」がいかにおかしな制度かと考えさせられます。毎日残業続きの僕より、仕事もしない上司が倍以上の給料を貰っているなんて頭がおかしくなりそう。今すぐに実力主義に移行すべきではないでしょうか。（26歳・男・会社員）

君の気持ち、よくわかる。

たしかに会社というところは組織が大きいと、働いている人と働いていない人があきらかに出る。なのに仕事への評価、さらに言えば報酬が同じもしくは働いてない人の方が会社に長くいるだけで上のケースがよくある。

でもそれは単純に〝年功序列〟の制度のせいだけではないんだ。日本が高度成長（右肩上りなんて言ってた）の時期は少々働かない人がいても会社は面倒をみ

ることができたんだ。今は違う。正しい年功序列が会社で守られなかったのが君のような考え、立場を生んでいる。好景気の中で経営者、上層部が社員の勤務状況をよく見ずに放っておいたことが問題だ。

正しい年功序列とは何か？　それは当人の労働への評価、貢献を正しい基準で見ることだ。その上で決して利益至上主義だけで労働を評価せず、同時に歳が上というだけで評価することをしない。基本は〝働かざる者食うべからず〟だが、実力主義だけの評価はアメリカの金融界を見ればわかるように愚行であることもたしかだ。なぜ愚行か？　会社は社員に他より高い報酬を与えるだけのために存在してはいないからだ。評価が、報酬が、良いという理由だけでどんどん会社をかわった人の末路の統計を一度調べてみりゃわかることだ。経営陣も社員も**人生を共有する**ことが実は肝心なのだ。

ええ〜？　そんな……、と思うだろう。君は能力があるからそう感じるのさ。どうやっても能力が足りない、という人も平然と或る程度の評価をして一隻の船が荒波を進んで行くのが会社というものだ。でもただ口先だけ、うわべだけで上手くやってる社員を見つけるのは組織の大切な役目ではある。君の言うとおり間違った年功序列は今こそ改革されるべきだ。しかし君、情愛、情緒、ユーモアがなければ会社でも職場でもないのはまぎれもない事実だから。

娘が結婚の報告にと連れてきた彼氏は有名レストランのオーナーで長身のイケメン。驚いたことに知り合って半月だというんです。もっと時間をかけて考えてからでも……と思ってしまいます。だって、ウチの庶民的な娘じゃあんな人とつり合いっこないと思いますし。

（52歳・女・主婦）

お母さん、あなたが正しい。

娘さんが連れてきた男が有名レストランのオーナーだったんだって?

有名レストランのオーナーって十中八九（もっとかな）ダメだから。

まず有名ってのがダメ。

ほら有名人って、わけがわからない人種の呼び方があるでしょう。

有名人って十中八九（こっちはもっとだな）ダメ。バカばっかり。だから裏を返せば有名人が好きって連中はさらにバカ。

だから有名人の色紙《しきし》が壁に貼ってある飲食店で美味い店はまず一軒もないから。その有名にレストランがつくんだから、その店はほとんどダメだよ。

次にオーナー、これもダメ。

お母さん、ゴルフしたことある？　ゴルフでもオーナーってのがあって一日中オーナーやってるバカがいるんだけど、そういう奴は仲間、同伴者に譲ろうという姿勢がないんだもの。私なんか見ていて恥かしいというか、愚かな奴だなというか、親はどういう教育をしたんだろうかと思うね。あっ、ゴルフのオーナーは名誉、敬意か？　当人のこと呼ぶのにカタカナの方が多い職業は気を付けないと。ラーメン屋オーナーとかね。支那蕎麦《しなそば》店親方でしょう。

知り合って半月？　それもね。

つり合いが取れない。それもあるナ。人は幼い頃から、たとえば月ひとつにしてもどんな場所で月を見て育つか、そこに共通な情緒がなくては上手く行かないと思うよ。

ブサイクで女性と話すのが苦手な僕ですが、バイト先の女の子に突然告白され、驚いて断ってしまいました。皆が「彼女にしたい」と口をそろえるようなかわいい子です。絶対におかしい。僕を嵌《は》めようと裏で皆がグルになっているのではないかと考えてしまいます。

(29歳・男・アルバイト)

二十九歳のアルバイト君(アルバイトってのが気にいらんが)、良かったね。人生というか、世間っていうか。世の中捨てたもんじゃないだろう。相手が君を嵌めようとしてるんじゃないかって?

そういうつまらない想像するんじゃないの! 君は自分のことをブサイクというけど、それはテレビとか、雑誌とかに出ているイケテル顔、容姿を基準にして自分をブサイクだと思ってるんだろう。雑誌の表紙になってる男なんてバカを絵に描いたような顔しかしてないし中身はカランカランだよ。それをきちんとわかってる女の子が世の中にはいるんだよ。そういう情愛、情緒のある子がいるんだナ。ひさしぶりにイイ話で、わしは嬉しいよ。

大事にしてあげなさい。

どうして自分をなんて考えない。彼女は君だけにあるまぶしいものを見つけたんだ。アルバイトをやめて自分の人生、夢をかなえるために彼女と一緒に歩いていきなさい。わしにもそういうの来んかな。この頃、さっぱりだもんナ。

挿画　長友啓典

初出
「週刊文春」　二〇一二年四月十二日号〜
二〇一四年七月十日号
単行本　二〇一四年十月　文藝春秋刊
文庫化にあたり『となりの芝生』から改題いたしました。
DTP制作　エヴリ・シンク

文春文庫

人生《じんせい》なんてわからぬことだらけで
死《し》んでしまう、それでいい。
悩《なや》むが花《はな》

定価はカバーに
表示してあります

2017年4月10日　第1刷

著　者　伊集院《いじゅういん》　静《しずか》
発行者　飯窪成幸
発行所　株式会社　文藝春秋

東京都千代田区紀尾井町3-23　〒102-8008
TEL 03・3265・1211
文藝春秋ホームページ　http://www.bunshun.co.jp

落丁、乱丁本は、お手数ですが小社製作部宛お送り下さい。送料小社負担でお取替致します。

印刷製本・凸版印刷

Printed in Japan
ISBN978-4-16-790839-3